徳間文庫

龍神の女《ひと》

内田康夫と５人の名探偵

内田康夫

徳間書店

目次

龍神《りゅうじん》の女《ひと》 5
鏡の女 87
少女像《ブロンズ》は泣かなかった 177
優しい殺人者 239
ルノアールの男 283
あとがき 323

龍神《りゅうじん》の女《ひと》

1

運転手が「うるさいな」と呟《つぶや》いたので、麻子《あさこ》は驚いてお喋《しゃべ》りを中断した。

「まったく、しつこい」

運転手はさらにそう言った。

「ごめんなさい、あまりいい景色だものだから、ついはしゃいでしまって」

麻子は鼻白《はなじろ》んで、運転手の背中に向けて、きつい口調で詫《わ》びを言った。

「は？　あ、いや、奥さんのことを言うたんと違いますがな」

運転手は慌《あわ》てて、ハンドルから離した右手を振った。

「そうやなくて、後ろの車のことですがな」

和泉《いずみ》と麻子は背後に首をねじった。タクシーの後ろに、白っぽい乗用車が異常に接近してついてくる。どうやら追い越しをさせるよう、強要しているらしい。

「まったく、こんな山坂で、あないに急いだかて、どもならんのに」

そう言いながらも、運転手は逆《さか》らってもしようがないと思ったのか、道路の幅がいくぶん広くなったところで車を端に寄せて、スピードを落とした。

その脇を白い車が威勢よく追い抜いて行った。和泉も麻子も、どんな人種が運転しているのか……と、その車の中を覗《のぞ》いた。

ドライバーは女性だった。ほかに同乗者はいない。サングラスをかけていたし、ほんの一瞬、チラッと横顔を見ただけだから、はっきりしたことは分からなかったが、中年というにはまだ若すぎるような、なかなかの美人のように思えた。

「なんや、女の運転やないか」

運転手は呆《あき》れたようにハンドルを叩《たた》いた。女ごときに追い抜かれたのが面白くない……とでも言いたげだ。

タクシーはそれほどゆっくり走っていたわけではない。しかし、屈曲の多い山道で客を乗せているだけに、あまり揺れてはいけないと思っているのだろう。追い抜いて行った車ほどには飛ばせないことはたしかだ。女性の運転する車は、カーブや起伏ごとに見え隠れしながら、みるみるうちに距離をひろげ、やがて見えなくなった。

「まったく、近頃の女は男みたいな運転をしくさる」

運転手は悪態をついて、ようやく平常心を取り戻したらしい。「ほんまにええ景色でっしゃろ」と、麻子に世辞を言った。

南紀田辺《なんきたなべ》から龍神《りゅうじん》への道は、標高七百メートルあまりの虎《とら》ケ峰《みね》峠を越える急峻《きゅうしゅん》な難路である。白浜《しらはま》温泉の宿を出るときに、運転手が「お客さん、少しきついですよって、気分悪うなったら、いつでも言うてください」と親切に言ってくれた。さいわい、和泉夫婦は乗り物には強い体質だったから、むしろ、ぐんぐん高度を上げるごとに展開する壮大なパノラマに、大満足であった。

峠付近の尾根伝いの道では、南に遠く太平洋を、東と北に紀州《きしゅう》や大和《やまと》の山々が幾重《いくえ》にも連なるさまを望める。和泉夫婦はしばらく車を停めてもらって、その風景を堪能した。

峠を越えると龍神村。谷底のような狭い平地で、御坊《ごぼう》方面から来る龍神街道にぶつかる。目指す龍神温泉へは、そこから日高川《ひだかがわ》沿いの道を源流に向かって遡《さかのぼ》ることになる。

日高川は「道成寺《どうじょうじ》」で知られているように、安珍《あんちん》を慕《した》う清姫《きよひめ》が、蛇に変身して渡った川だが、有吉佐和子《ありよしさわこ》の小説『日高川』であまりにも有名だ。彼女は執筆にかかる前に龍神温泉を訪れ、そこの宿に取材した。『日高川』のヒロインは、龍神温泉の旅館・上《かみ》ノ御殿《ごてん》の女主人だといわれている。

龍神温泉を推薦したのは、和泉と同じ大学で教授をしている松岡《まつおか》という男だ。和泉は法律、松岡のほうは仏教哲学と専門は異なるけれど、二人は卒業した高校も大学も同じという、古い友人であった。

「いちど行ってみろよ、なかなかいい」

松岡は彼らしい、ぶっきらぼうな言い方で勧めた。和泉は「そうか、そうだな」と曖昧《あいまい》な返事をしておいたのだが、麻子はそのときの松岡の言葉をちゃんと憶えていて、南紀旅行の最後に、龍神温泉へ行くことを、強く望んだ。もっとも、龍神行きの直接の動機は、やはり有吉佐和子の『日高川』にあった。

「有吉佐和子は女性の本質にある、はげしいものを、激流の日高川になぞらえて描いたのだそうですよ」

麻子はそう言って、何やら意味深長な目で夫を眺めたものだ。日頃はおとなしくしているけれど、私の本質は日高川のごとくはげしく、蛇のごとく陰湿だ——とでも言い出しかねない顔であった。和泉は閉口して、彼女の希望に沿って、旅行プランの中に龍神行きを加えることにした。

龍神温泉は谷間の小さな集落であった。集落を迂回《うかい》する国道と別れて、細い旧道に入るとまもなく、左右にいくつかの宿が建ち並ぶ。左側の二つの旅館がひときわ大きく、その奥のほうの、まるで時代劇にでも出てきそうな、格子窓のはまった古い建物が、「上ノ御殿」と呼ばれる、かつて紀州徳川《とくがわ》家の宿であったところだ。上ノ御殿に対して、手前のやや小ぶりの旅館を「下ノ御殿」という。

和泉夫婦は上ノ御殿に宿を予約していた。車が停まる音を聞きつけたのか、格子戸の中から二人の女性が出てきた。ふっくらとした笑顔が、いかにも品のいい老婦人と、彼女をそのまま二、三十歳若くすれば、こういう雰囲気になりそうだと思えるような、中年の女性である。

「ようお越しなされました」

二人の女性はそう言うと、丁寧に頭を下げ、和泉夫婦の手から荷物を受け取った。

さすが、紀州公の宿であっただけに、玄関から式台《しきだい》、畳敷きの広間、廊下と、すべてが鷹揚《おうよう》な造りになっている。一見、簡素のようだが、じつは材質や細工に気配りがゆきとどいていることが分かる。座敷も古い武家好みを思わせるような、床の間つきの部屋であった。

「やっぱり、こういうお部屋、落ち着いていいわねえ」

床の間を背にして、分厚い座蒲団に鎮座《ちんざ》した夫をしげしげと眺めて、麻子はいたく満足の態《てい》である。

窓の外から渓流の水音が聞こえてくる。覗くとすぐ目の下が谷川で、濃密な緑の底に、白い瀬が見えている。

「ねえあなた、不思議だと思わない?」

麻子が声をひそめるようにして、言った。

「水の音があんなに騒がしいのに、こうしていると、なんだか、異常なくらいに静かな感じがするわ」

「ああ、そうだねえ」

和泉は気のなさそうな返事をしたが、麻子の言う不思議さは感じていた。耳元ではたえずザワザワと瀬音が鳴っているにもかかわらず、建物の遠くで針が落ちる音さえ聞こえそうな、透明な静寂が、たしかに共存していると思った。

シュッシュッと廊下に足を滑《すべ》らせるような音が近づいて、「ごめんくださいませ」と、宿の女性がお茶を運んできた。最前、玄関前に出迎えた若いほうの女性で、そのときの様子や、お仕着せでない、上等な和服を着ていることから見て、どうやらこの宿の若夫人らしい。和泉が不躾《ぶしつけ》を承知で確かめると、「はい、そうです」と恥ずかしそうに頷《うなず》いた。

「この土地の人ですか？」

「いいえ、和歌山市のほうから嫁に参りました」

「ほう、それじゃ、もちろん恋愛結婚でしょうね」

「ほほほ……」

若夫人は答えずに笑った。

「いやねえ、あなた、そんなこと訊《き》くものじゃありませんよ」

麻子に窘《たしな》められて、和泉は「そうですな、失礼」と詫びた。

しかし、和歌山市あたりからこの山奥の湯の宿に嫁入りするという状況が、どんなきっかけで生じるものか、興味はあった。

「きみだったら、どうする？」

若夫人が引き下がって行ったあとで、和泉は麻子に訊いた。

「どうするって、何が？」

「だからさ、惚《ほ》れられるか惚れるかすれば、こんなところにでも嫁に来るものかどうかということだよ」

「悪いわよ、こんなところだなんて」

麻子はそう言ったものの、首をかしげて、

「私なら来ないわね、たぶん」と言った。

「それ見ろ、やっぱり興味があることになるじゃないか」

「何を言ってるんですか、ばかばかしい」

麻子は呆れて、笑った。

2

宿に着いて、ひと風呂浴びているうちに、陽《ひ》が山の端《は》に沈んで、とたんに、窓の外は夕暮れの風景になった。

夕食の時間も早い。ふだんなら、まだ大学からの帰宅途中にあるような時刻に、座敷のテーブルには料理が並べられた。「猪鹿鳥《いのしかちょう》料理」と呼ぶ、なんだか花札のような名称のついた、キジ鍋《なべ》とシカの刺身、それに鮎《あゆ》やアメノウオの川魚料理、山菜料理、その他……といった具合に、谷間の温泉宿らしい料理づくしであった。

腹がくちくなり、アルコールも効いて、食事のあと、和泉はねむけを催《もよお》した。麻子は「あなたもお歳だわねえ」と言いながら、膳《ぜん》を下げに来た女中さんに頼んで、蒲団《ふとん》を敷いてもらった。

和泉が少しまどろんでいるあいだ、麻子は湯に浸《つ》かりに行った。和泉が物音に目覚めると、鏡に向かってしきりに肌の手入れをしている、麻子の姿が見えた。

「ふーん、こうして見ると、きみもまだ捨てたもんじゃないな」

和泉は大発見したように言った。

「やあねえ、いつの間に起きたの？　女が化粧するところなんか、見るものじゃありませんよ」

麻子は急いで、クリームで光った顔を、向こうに向けた。

「松岡のやつが、露天風呂を勧めていたな。入ってみたかい？」

「いやですよ、そんなところ。殿方が入ってきたら困ってしまう」

「ふーん、混浴なのか。それじゃ、僕がためしに行ってみる」

「ばかねえ、期待して行ったって、がっかりするだけよ、きっと」

和泉が蒲団を抜け出したとき、「失礼いたします」と宿の若夫人の声がした。

襖《ふすま》を開けると、若夫人は廊下に跪《ひざまず》き、浮かない顔をして和泉を見上げた。

「あの、お客さまに警察の方がお会いしたいと……」

「はあ、ちょっとお話をお聞きしたいとか言うておられますけど、お連れしてもよろしいでしょうか？」

「警察？……」

「ふーん、警察が何だろう？……しかしまあ、逃げ隠れするわけにはいかないでしょう。どうぞ連れてきてください」

法律をやっているだけに、警察に知り合いが多いけれど、この山奥まで来て、警察の人間と会うとは予想していなかった。

警察官は三十歳ぐらいの痩《や》せ型の男とそれよりは三、四歳は若そうな、いずれも私服の二人連れであった。名刺をくれた年長のほうが高島秀司《たかしましゅうじ》という部長刑事で、質問はもっぱら高島がして、部下の刑事は終始黙って、彼の背後でメモを取っている。

高島部長刑事は「どうもお休みのところ、恐縮であります」と、あまり恐縮もしていないような顔で言った。

「早速、用件を申し上げますが、えーと、おたくさんはたしか、白浜からタクシーを利用されましたね？」

「ええ、そうですよ。それがどうかしましたか？」

「じつはですね、ここへ来る途中に虎ケ峰峠というところがあるのですが」

「ああ、知ってますよ。景色がすばらしかったですから」

「その虎ケ峰峠を越えて少し来たところで、車の転落事故があったのです」

「転落事故？　というと、あの崖《がけ》から落ちたのですか？」

「そうです」

「じゃあ、やっぱり、あの女性が……」

和泉は麻子と顔を見合わせた。

「ん？　あの女性といいますと？」

高島は怪訝《けげん》そうに問い返した。

「われわれの車をものすごい勢いで追い越して行ったもので、ずいぶん無謀な運転をするなと思っていたものですからね。それじゃ、あの直後に落ちたのですかねえ」

「いや、そうじゃなくて」

刑事は手を振った。

「落ちたのはタクシーですよ。おたくさんたちが乗っておられた」

「えーっ……」

和泉はあっけに取られて、ふたたび麻子と顔を見合わせた。

「それじゃ、あのタクシー……驚きましたねえ」

「それで、あの運転手さん、亡くなったんですか?」

麻子は悲痛な声を発した。

「死にました」

高島部長刑事は冷たい口調で言った。

「おたくさんたちも越えて来られたので、ご承知かと思いますが、あの辺りはえらい難所であることは事実です。しかし、ベテランの運転手であれば、どうということはないので、なぜ事故を起こしたものか……とにかく、断崖《だんがい》みたいなところで転落したもんで、まあ即死の状態だったようです」

「われわれを送った帰り道に事故を起こしたのですか?」

「時間帯から推定して、おそらくそういうことになるでしょう」

「しかし、いったい彼がどうして?……われわれを乗せているときは、ずいぶん安全運転していたように思えますがねえ。ひょっとすると居眠りですか?」

「いや、それがそうではなさそうでしてね」

高島は首を横に振った。

「われわれの調べでも、道路にブレーキをかけた形跡がほとんど見られないので、居眠り運転かと考えたのだが、しかし、タクシー会社の人間が言うところによると、事故の直前に、運転手は何か叫んだというのです」

「ほう……」

「タクシーには無線がついていて、走行中は応答が聞けるよう、オープンの状態にすることができます。それで、そういう、何か言ったのが聞こえたというわけです」

「何かって、何と言ったのですか？」

「それがですね、あそこの虎ケ峰峠を越えないと無線の感度がよくないので、会社のほうでも、何て言ったのかはっきりしたことは分からないというのです」

高島は眉《まゆ》をひそめて、「しかし」と和泉の顔を見つめて、言った。

「無線係の話だと、『あの女』と言ったそうです」

「あの女……」

「そうです。無線の感度が悪い上に、ほんの一瞬のように短く聞こえたので、断定はできませんが、とにかく、係は『あの女』と聞こえたと言っています。それでさっき、おたくさんが女性のことを言ったときに、ちょっと気になったのですがね」

「なるほど……しかし、そのときに叫んだのが『あの女』であったとしても、別の女性のことでしょう。女性の車がわれわれを追い越して行ってから、かなりの時間が経過しているわけですからね」

「まあ、そうでしょうな」

高島はあっさり和泉の言葉に頷いた。

「なんて、お気の毒なこと……」

麻子は放心したように呟いて、天井を見上げた。つい数時間前には陽気な口調で話していた相手が、もうこの世にいないのだ。まったく、諸行無常《しょぎょうむじょう》というほかはない。

結局、高島部長刑事とその部下は、和泉夫妻に対する事情聴取からは、何も得ることがないまま、引き上げて行った。

3

自分たちの責任でないとはいえ、和泉夫妻にとって何とも後味の悪い出来事であった。白浜から龍神温泉まで、山坂を越える長いドライブで、あの運転手に思いのほかの疲労を強要する結果になったのかもしれない。だとすると、多少の責任はあることにもなる。

「いやだわねえ……」

麻子は溜《た》め息をついた。せっかく、ここまで晴ればれした気分で旅をして来たというのに、とつぜん真っ黒な雲に覆《おお》われたような、重苦しいことになってしまった。

「そんなに気に病むことはないさ。すべて運命のしからしむところだからね」

和泉は妻を慰めると同時に、自分の滅入りがちな気分にも言い聞かせた。

「さて」とタオルをぶら下げ、ようやく露天風呂に出掛けることになった。麻子は「早く戻ってきてくださいよ」と、珍しく気弱そうな声をかけた。

刑事の訪問などで、すっかり遅い時刻になってしまった。宿の客はごく少ないらしく、どの部屋もシンと静まり返って、廊下の明かりも、不必要なものは消されていた。

露天風呂は谷川に張り出した岩風呂であった。露天とはいっても、上半分ほどは長い庇《ひさし》で覆われているから、雨の日も楽しめる。

脱衣所は男女別々になっている。案の定、客はほかにいない。和泉は少年に戻ったような気分で、威勢よく着ているものを脱ぎ、風呂場へのドアを開けた。

その時点でもまだ気がつかなかった。岩風呂を照らす明かりは心許ないほど暗い。谷を渡る風はうそ寒く、和泉は急いで湯に体を沈めた。

「手足伸ばせばいのちも伸びる——か」

昔、ヘルスセンターのCMにあった歌を歌って、その文句のとおりに手足をいっぱいに伸ばし、「うーん」と唸《うな》った。

その「うーん」の中に、違う音階の唸り声が混じったような気がして、和泉は「あれっ？」と耳を欹《そばだ》て、周囲を見回した。

声の主はつい目と鼻の先にいた。岩風呂が少し湾曲して、大きな岩が陰を作っているようなところに、誰かもう一人、客がいるらしい。ただでさえ薄くらがりのような中で、その場所はさらに暗い。よほど視線を据《す》えないかぎり、物のかたちは見えそうにない。

（女性か？——）

和泉は脱衣所に衣服がなかったのを思い出した。男の客でないことは確かだ。かといって、じっと視線を凝《こ》らして確かめるわけにもいかなかった。

（まあいいか——）

元々、露天風呂であり、混浴であることを承知の上で入った客である。礼を失するということにはならないだろう。

とはいえ、和泉といえども男である。ちょっとしたスリルにも似たものは感じた。いったい、いくつくらいだろう？　声の印象からだと、まだ若そうに思える。

（挨拶《あいさつ》ぐらいしたほうがいいのかな？——）

（いや、それは、なんとなく物欲しそうに思われるかもしれない——）

さまざまな思念やら妄想じみたものやらが頭の中を過《よぎ》る。

ふいに、またあの唸り声のような声が洩《も》れてきた。しかし、よく聞くと唸り声ではなく、何かの歌を歌っているのであった。

……

泣かんでや　泣かんでや
泣いたら　青い波の下
龍神さまに連れられて
遠い国さへ連れられて

……

(子守歌?――)

歌の文句はあまりよく聞き取れなかったが、概《おおむ》ねこんな内容だ。歌詞もメロディーも聞いたことはないけれど、子守歌のようではある。しかし、露天風呂に入りながら歌う歌としては、あまり相応《ふさわ》しくないので、和泉は奇異に思った。

だが、くらがりに目が慣れてくるにつれ、彼女がどうやら赤ん坊を抱いているらしいことが分かった。

(母子か――)

和泉は何がなし、ほっとした。赤ん坊が存在することが、あたかも免罪符のように気分をほぐさせた。

やはり、声の様子から察すると、まだ若い母親のようだ。少なくとも、宿の若夫人よりはだいぶ若そうである。

「女のお子さんですか？」

和泉は明るい口調で訊《き》いてみた。不躾というより、そんなふうに声をかけるのが、むしろ礼儀のように思えた。

「シイッ！……」

とたんに、鋭い叱声《しっせい》のような擦過音《さっかおん》がはね返ってきた。

「起きてしまうやないですか」

精一杯、ひそめた声でそう言った。

「すみません」

和泉は思わず頭を下げて、湯の表面で鼻先を濡《ぬ》らした。

女はザワザワと湯音を立てて、岸に上がった。正視していたわけではないので、定かには見えなかったが、淡い明かりの中で、後ろ姿の白い裸身が、湯煙りのようにしなやかに立ちのぼって消えていった。胸に抱かれているであろう赤ん坊は見えなかった。

　かすかな波紋が収まるのを待って、和泉は彼女が消えた、女性用の脱衣所のドアを、茫然《ぼうぜん》と眺めた。

　たったいま起きたばかりの現実であるにもかかわらず、まるで束《つか》の間のまぼろしのような記憶であった。和泉は何だか、大変な落とし物をしたような気分を味わった。

4

　夢の中で悲鳴のような声を聞いて、目が覚めた。窓際にヒヨドリが来ているらしい。和泉の家がある東京の郊外にもいる鳥だ。カーテンを開けると、すぐ目の前にある楠《くすのき》の梢《こずえ》から、二羽のヒヨドリが飛び立って、谷を越えていった。

　麻子は朝湯を使って来た。

「いいお湯、あなたも行っててらしたら」

「そうだな」

　和泉の脳裏に、一瞬、ゆうべの女の記憶が蘇《よみがえ》った。その話は麻子にはしていない。何となく言いそびれたのが、そのまま秘密のようなことになってしまった。

べつに彼女との再会を期待したわけではないけれど、和泉は露天風呂のほうへ行ってみることにした。

廊下で若夫人に出会った。昨日とはちがって、ブラウスとスカートという軽装である。朝の作業のために動きやすい服装をしているのだろうが、若夫人にはいつも和服を着てもらいたいと、和泉は思った。

「瀬音がうるそうはありませんでしたか？　お休みになれましたでしょうか？」

「ああ、眠れましたよ。鳥の声で目が覚めました。きわめて快適です」

「それはようございました」

行きかける若夫人を、和泉は「あ、そうそう」と呼びとめた。

「赤ちゃんの泣き声が聞こえませんね」

「は？……」

若夫人は戸惑ったように和泉を見返し、それから何を勘違いしたのか、顔を赤らめて手を横に振った。

「うちはもう、子供も大きうなりまして」

「あ、いや、あなたのお子さんのことではなくて、お客さんの、ですよ」

和泉のほうまで、照れて笑ったが、若夫人は真顔になった。

「お客さまとおっしゃいますと？」

「いや、ゆうべ、赤ちゃんを連れた女の人に会ったものだからね」

「いいえ、女のお客さまはお一人いらっしゃいますが、お子さま連れではございませんけど」

「あ、そう……じゃあ、あれは女中さんだったのかな？　あやそうとしたら、シイッて叱られたもので、てっきりお客さんかと思ったのだが」

「いいえ、うちの従業員に、そういうお子のある者はおりませんし……」

若夫人の表情は、愛嬌《あいきょう》のある笑いを消して、しだいに翳《かげ》りを帯びてきた。和泉は慌てた。何か難癖をつけようとしていると思われては具合が悪い。

「あははは、そうですか。じゃあ、何かの錯覚かもしれませんね。どうも、まだボケるには早過ぎると思うのだが……いや、失礼」

手を上げて会釈すると、そそくさと風呂場へ向かった。

露天風呂には誰もいなかった。かすかに白く濁った湯が、朝の陽光に絹のように光っているのを、和泉は邪険に足の先で掻《か》き回してから、ザブンと顎《あご》のところまで湯に浸かった。

視線を上げると、ただ一人、自然と対峙《たいじ》している恰好《かっこう》になる。天地の精気を一人占めにするような爽快感《そうかい》である。近頃はギャルのあいだでも温泉ブームだそうだが、分かるような気がしてくる。

そのとき、和泉はまた、ゆうべの女性のことを思い出した。

（あれは何だったのだろう？――）

ついそこの、岩の向こうに、確かに赤ん坊を抱いた女がいたのだ。聞いたことのない子守歌を歌って――。宿の従業員でも客でもないとすると、あれはいったい何者だったのだろう？

（狐狸妖怪《こりようかい》のたぐい――）

ばかげた妄想が頭に浮かんで、和泉は苦笑して、湯で顔を洗った。しかし笑いごとではないのかもしれない――とも思った。ここは何しろ「龍神の湯」である。龍に誘惑された娘の伝説があるそうだ。あたりの風景を眺めると、超常現象のようなことが起きても不思議ではないような気分になってくる。

部屋に戻ると、若夫人があさげの膳を整えていた。

「お客さまは、赤ちゃんをどこでご覧になりましたのですか？」

和泉の顔を見るなり、訊いた。あれからずっと、そのことを気にしていたらしい。

「え？　ああ、廊下ですよ。廊下で擦れ違ったのです」

和泉は慌てて答えた。

「しかし、あれは目の錯覚だったのかもしれないな」

「でも、あやそうとして、うるさいって叱られたのでしょう?」

「ははは、そうそう、確かにね……」

「何のお話?」

麻子が脇から話に参加してきた。若夫人は「あら……」と、困惑した顔になった。和泉が妻に話していないとは、思ってもみなかったにちがいない。

「いや、大したことじゃない。昨日、湯に行くときに、赤ちゃん連れの女性と擦れ違ったのだが、お客さんにも従業員の人にも、赤ちゃん連れというのはいないのだそうだ。それで、妙なことだと思ってさ」

和泉は急いで説明した。

「ふーん、そうなの……その女の方、きっときれいな方だったんでしょう」

麻子は皮肉な目を夫に向けて、からかうように言った。

「さあどうだったかな、暗くてよく見えなかったし、赤ちゃんのほうに気を取られていたからね」

「その赤ちゃんですけど、どんな赤ちゃんでしたか?」

若夫人が訊いた。

「どんな赤ちゃんて……」

和泉は当惑した。「赤ちゃんに気を取られて」と弁解した以上、赤ん坊のことを憶えていないとは答えにくい。かといって、赤ん坊については母親よりも記憶にない——というより、まったく見ていないに等しいのだ。

「赤ん坊は赤ん坊だろうね。小っちゃくて、頼りなげで、まあ、たぶん赤い顔をしていたのじゃないかな」

「そんなの、当たり前でしょう」

麻子が呆れて笑って、若夫人に訊いた。

「でも、こちらのどなたにも赤ちゃんがいらっしゃらないって、ほんとなんですか？」

「えっ、ええ、本当のことです」

若夫人は膳を並べ終え、きちんと正座して、神妙な顔で答えた。

「これはひょっとすると、龍神さんの奥さんと子供かもしれないな」

和泉は高笑いしたが、若夫人は追従《ついしょう》笑いもせず、もちろん、麻子も冷やかな目を夫に向けただけであった。

「何ですの、その龍神さんていうのは？」

「いや、そういう伝説があるのだそうだよ。そうでしたね？」

「はあ、伝説はございますけど、でも、龍神さまに赤ちゃんがいるという話は聞いたことがありません」

若夫人はいよいよ、浮かない顔になった。

5

龍神温泉の宿を午前九時三十分に出発した。「龍神バス」が、すぐそばのバス停から出ている。これで護摩壇山《ごまだんざん》というところまで行って、さらに南海《なんかい》バスに乗り継いで高野山《こうやさん》まで行くことになる。

大奥さんと若夫人が玄関前まで出て、見送ってくれた。たったひと夜の客ではあったけれど、旅の宿には心惹《ひ》かれるものがある。ことに和泉には、露天風呂の女性の未消化のような記憶があって、一入《ひとしお》、その想いが強かった。

バスは高野龍神スカイラインを行く。奈良県と南紀を結ぶ唯一の有料道路で、これが通ったお蔭で南紀の観光地図が一変したといわれているそうだ。

大和から紀州への行程は、幾重にも連なる山々によって遮られ、むかしからの峠道は鳥も通わぬ……と言わせるほどの難所つづきだった。そこにアスファルト道路が通り、快適なバスが走る。冬季でも日中は通行可能なのだそうだから、ずいぶん便利になったものである。

もっとも、便利さはともかくとして、文明が必ずしもすべて結構というわけにはいかない。標高一三七二メートルの護摩壇山という、樹海の上にそそり立つような山の頂《いただ》きに「ごまさんスカイタワー」という、三三メートルの観光用のタワーが立っている。それに付帯する施設も幾棟かある。

「どうしてこういう、変てこりんなものを作りたがるのかねえ」

バスから降りて、タワーを見上げるなり、和泉は悪態をついた。麻子は「また始まった」という目で笑っているが、和泉は本心、腹が立ってならない。

「道を通すだけで、充分、自然を破壊しているんだから、その上に景観までぶち壊しにすることはないよ」

「まあいいじゃありませんか」

「いや、よくはない」

観光客はゾロゾロとタワーに向かったが、和泉夫妻だけは取り残されて、駐車場の縁から周囲の風景を眺めることになった。

折り返して高野山へ行くバスがやっと来た。大勢の観光客が降りたのと入れ代わりに、和泉夫妻はいの一番に乗り込んだ。前のほうのシートに腰を下ろしたとき、麻子が「あらっ？」と言った。

「ねえ、あの車、昨日の女の人が運転していた車じゃないかしら？」

白っぽい乗用車が、龍神温泉のほうから来て、駐車場にいるバスの前を、高野山方面へと走り抜けて行くところだった。

「ん？　そうかな……」

和泉もそんな気がした。運転席でハンドルを握っているのは、たしかに女性だったし、それらしい印象があった。

「車は似ているが、しかし分からないな」

白い車は加速しながら森の中へと消えて行った。

「あのひと、どこに泊まったのかしら？」

麻子が言った。

「龍神温泉かもしれないわね」

「ああ、そうだね。途中、ほかに泊まるようなところもなかったから、龍神温泉だろうね、きっと」

「だったら、もしかすると私たちと同じ宿だったのじゃないかしら?」

「ははは、どうかな、それは」

言いながら、和泉は心臓がズキンとした。ほんの一瞬だが、「シイッ」と叱声を浴びせたときに見せた横顔と、鋭い目は、車の中の女性のものであったような気がした。

(まさか——)

そう打ち消したが、いったん浮かんだ着想は、むしろ勢いをつけたように、和泉の頭の中に居座りそうな気配だった。

とはいえ、龍神温泉には何軒もの旅館や民宿があるのだし、あの女性が「上ノ御殿」の客であった可能性は乏しい。かりに客であったとしても、宿の若夫人も言っていたとおりであるなら、彼女が赤ん坊を連れていたはずはない。第一、あの勇ましい運転ぶりから見ても、車の中に赤ん坊がいるという気配は感じられなかった。

「タクシーの運転手さんの事故、あれからどうしたのかしら?」

白い車の後ろを目で追っていた麻子が、ポツリと言った。

「ああ、どうなったのかな」

和泉は驚いた。彼もいま、そのことを連想したところだったからである。口には出さなかったが、ずっと気になっていることでもあった。

「刑事は、事故の寸前、運転手が『あの女』と言ったというのだが……まさか、あのときの女性のことを意味したわけじゃないだろうねえ」

「まさか……」

麻子も否定したが、二人とも何となく、完全には否定しきれないものを感じているようで、ちらっと顔を見合わせた。

バスの客がどんどん増えて、まもなく発車時刻がきた。運転手が車をスタートさせかけたとき、パトカーが景気よくサイレンを鳴らしてやって来て、バスの進路を妨げるように停まった。

パトカーから飛び出したのは昨日の「高島」とかいう部長刑事であった。高島はバスに乗り込むと、運転手に「ちょっと待っとってや」と声をかけて、車内を見回した。

「あ、おったおった」

和泉夫婦の顔を発見して、嬉《うれ》しそうに白い歯を見せた。

「やあ、昨日はどうも。すみませんが、ちょっとお聞きしたいことがあるもんで、降りていただけませんか」

「えっ？……」

和泉は当惑した。

「降りてって、このバス、もう発車するところですよ」

「分かってます。高野山までお送りしますので、とにかく降りてくれませんか」

周囲の乗客は興味深そうに、刑事と和泉のやりとりを眺めている。これ以上、晒《さら》し者になっているのもつらいので、夫婦は高島の言うとおり、バスを降りた。

バスが行ってしまうと、高島は二人をパトカーに乗せた。

「じつはですね、昨日、あれから運転手の遺体を解剖したり、テープの音声を詳しく調べた結果、分かったのですが、あれはどうやら単なる事故でなくて、殺人事件ではないかという疑いが出てきたのです」

「えっ、殺人？……」

和泉は麻子と顔を見合わせた。漠然と抱いていた不安とも疑惑ともつかないモヤモヤしたものが、しだいに形を成してくるような気がした。

「それで、解剖の結果、死因はどういうものだったのですか？」

「一応、直接の死因は、転落の際に受けたと見られる全身打撲と脳挫傷《のうざしょう》ということでありますが、それとは別に、後頭部に明らかに異質な打撲痕《こん》がありましてね。つまり、何か棒状の物で殴ったような、です」

「ほう……」

和泉は素人《しろうと》っぽく驚いてみせた。

「すると、運転手さんは車が転落するときにはすでに死亡していたか、あるいは気を失っていたわけですね」

「そのとおりです」

高島部長刑事は重々しく頷いた。

「われわれはそう考えております。車はガードレールのないところから、五メートルばかりの草地を突っ切って、断崖に飛び出しておるのですが、ブレーキをかけた形跡はまったくありません。犯人はギアをオートマチックに入れて、車が自然に走りだし、崖に転落するよう、ハンドルを操作したのでしょう」

「問題は録音された音声の解読ですが」と和泉は言った。

「たしか『あの女』という言葉が記録されていたのでしたね。それ以外にはどんなことが分かったのですか?」

「それはですね……」

言いかけて、高島は口をつぐんだ。あまり詳しいことを話しては具合が悪いかな——と躊躇《ちゅうちょ》している様子だ。

「わざわざこうして追い掛けて来たというのは、運転手さんが言った『あの女』が、僕たちが見た女性と、何らかの関係があると考えられたのでしょうか?」

和泉は高島を励ますように言った。

「ん? ああ、まあそういうことになるのですが……」

高島はなおもしばらくためらってから、思いきったように言った。

「じつはですね、タクシー会社の交信記録というのが、きわめてお粗末な録音で、かなり聞き取りにくいのですが、どうにかこうにか、事件の直前に何があったのか、手掛かりらしきものは推測できたのです。被害者――運転手の名前は中村一樹《なかむらいっき》というのだが、中村さんは『あの女』と口走る前に、何者かと会話を交わしているのです」

「ほう、それがその女性なのですか?」

「いや、会話の相手が女なのか男なのかは、はっきりしません」

「もし男だったら、われわれが見た女性とは関係ないのでしょう?」

「そうではないのです。運転手の断片的な言葉の中にですね、車を運転して行った女の話が出てくるのです。それも、えらい勢いで追い越して行ったと話しているのです」

「ふーん、なるほど、だとすると、それはわれわれが見た女性の運転する車のことかもしれませんね」

和泉は高島の「専門家」としての立場を尊重するために、控えめな言い方をした。

「そうですな、まず間違いないでしょう」

高島部長刑事はいくぶん、尊大に頷いてみせた。

「それで、会話の内容などから、運転手さんが話している相手の素性などは分かったのですか？」

「いや、残念ながら、それがどうもはっきりしない。相手もたぶん車でやって来たらしく、道で出会ったか、呼び止められたかして、最初のうちは運転手は車の中で、窓越しに応対していると考えられます。したがって、その部分の運転手の言葉はかなり明瞭《めいりょう》に聞こえるのだが、相手は外にいるので、ごくかすかに何か聞こえる程度なのですな。道を尋ねている様子で、この道を行くと龍神温泉に行くとか、そういった説明をしています。そのうちに、運転手の中村さんも外に出た気配があって、しばらく音声が不明瞭になるのですが、その間に、車をふっ飛ばして行った女性のことがとぎれとぎれに聞こえました。それからドアの開く音がして、中村さんの声がはっきり『あの女』と言ったとたん、何やら鈍い音がして、直後に無線のスイッチが切られたのです」

「なるほど。すると、そのときに中村さんは殴打されたと考えていいのですね」

「そのとおりでしょうな」

「しかし、それだけでは、その犯人がいったい、われわれを追い越した女性とどういう関係なのか、なぜ中村さんを殺さなければならなかったのかは分かりませんね」

「そういうことです。したがって、あなた方が見たという女性を突き止めて事情を聞いてみなければならないというわけです」

高島は説明を終えて、「どうでしょう、その女の特徴だとか、できることなら、女が運転していた車の車種やナンバーを思い出してもらえませんか」と言った。

「弱りましたねえ、僕も女房も車の種類なんか、皆目分からない人種ですからねえ。むろんナンバーなんか見ているわけないし」

和泉は腕時計を見て、「それより、予定の時刻を過ぎているのですが、とにかく高野山へ送ってくれませんか」と頼んだ。

「分かりました。それじゃ、高野山まで行くあいだ、なんとか思い出すようにしてください」

高島は運転役の若い刑事に車を出すよう、命じた。

6

護摩壇山からおよそ三十キロ、四十分ほどで高野山に着く。ほとんどが、奈良県と和歌山県の県境と重なる尾根伝いの、気分のいいドライブコースであった。車はパトカーだが、乗っている者の目には、窓の外の景色しか見えない。バスよりはゆったりして乗り心地もいいし、儲《もう》け物であった。

ただし、刑事のほうは、和泉夫婦が窓外の風景にばかり気を取られているのが不本意らしく、ときどき「どうです、思い出せませんか？」などと、雑音を発する。

「ん？　ああ、いま考えているところですけどね……」

そのつど和泉はお茶を濁したが、実際にはあの白い乗用車を運転して行った女性と、昨日の夜、露天風呂で見た女性のことを話すべきかどうか、思案しつづけてはいた。

その女性が同一人物であるかいなか、また、刑事が追及しようとしている女性であるかいなかも不明だが、ワラをも摑《つか》むような状況下にある警察にとっては、それでも充分に価値のある情報かもしれなかった。

とはいえ、あの女性がもし無関係だとすると、かりに警察が彼女の行方を捕捉《ほそく》して事情聴取でもするようなことになれば、女性にとっては大迷惑という結果になる。それ以前に、情報提供者として、和泉夫妻はさらに警察に拘束《こうそく》されかねない。それが分かっているから、和泉は躊躇するのだし、麻子も口を閉ざして、時折、（かかわり合いになるようなことは、言わないほうがいいわよ——）と目配せを送って寄越すのだ。法律和泉は妻の顔を見て、前のシートにいる刑事には分からないように苦笑した。法律を教えている大学教授としては、こんな場合、どう対処すればいいのか、じつに困惑してしまう。

車は、刑事の焦《あせ》りと和泉夫婦の困惑にお構いなしに、目的地である高野山に着いてしまった。

ケーブルカーの駅の前にパトカーを停めて、二人の刑事と和泉夫妻はしばらく黙りこくっていた。通りすがりの観光客が、警察に連行された被疑者を見るような目で、パトカーの中を覗いて行く。

「どうも、さっぱり思い出せませんねえ」

和泉はそういう連中の視線を気にしながら、嘆かわしそうに言った。

「白っぽい車だったことぐらいしか憶えていないなあ。もう少し時間をかければ、ひょっこり思い浮かぶのかもしれないが……」

「白っぽい車ですか」

高島は溜め息をついた。白っぽい車なんて、珍しくもなんともない。

「分かりました。とにかくひたすら思い出すように心掛けてくれませんか。ところで、これからのご予定は？」

「べつに予定は決めていません。なにぶん、気楽な旅ですからね。行く先も宿も行き当たりばったり。まあ、もう一泊ぐらいで東京に帰るつもりではいますが」

「自分は和歌山県警の捜査一課か、あるいは本事件の捜査本部のある田辺警察署におりますので、何か思い出したらぜひとも連絡をしてください」

高島部長刑事は最後にそう言うと、和泉夫妻を置き去りにして、高野山道路を下って行った。

もっとも、和泉夫妻もここに長居をするつもりはなかった。高野山にはかたちだけお参りして、昼食をしたためると、すぐに、ケーブルカーで山を下ることにしていた。麻子はもう少しのんびりして、いくつかのお寺を回りたいと言ったのだが、元来が不信心の和泉にその気はなかった。

しかし、さすがに心残りがして、和泉はケーブルカーの駅の公衆電話で、龍神温泉の宿に電話してみた。電話にはさいわい、若夫人が出た。「つかぬことをお訊きしますが」と前置きして、和泉は昨夜の女性客のことを訊いてみた。

「彼女は車で来たのではありませんか？」

「ええ、そうですけど」

「えっ、やっぱり……それで、どっちのほうから来たか、これからどっちへ向かうのか、そういったことは分かりませんか？」

「はあ……」

若夫人は困惑ぎみだ。お客のことをみだりに話してはならないのが、客商売を営《いとな》む者としては、心得の原点のようなものである。

和泉はほぼありのままに事情を話した。

「警察に話してもよかったのですが、それだと早速、刑事が調べに行きますからね。そうなっては、おたくのほうにも、それからお客さんのほうにも、何かと迷惑がかかるのじゃありませんか？」

なかば脅迫じみたことになるのを承知で、そう言った。それはかなり効果的であったらしい。若夫人は周囲を気にしているらしく、消え入りそうな声で言った。

「あの、ご住所は名古屋の方で、昨日は南のほうからおいでになって、今日はたしか、淡嶋《あわしま》神社へいらっしゃるとかおっしゃってましたけど……」

タブーを犯した後ろめたさが、彼女の声音に込められていた。

「淡嶋神社ですか？　それはどこにあるのですか？」

「和歌山市の近くの、加太《かだ》というところですけど。私の生まれたところに近いもので、道順を詳しくお教えしました」

「分かりました。どうもありがとう」

電話を切ろうとすると、若夫人は慌てたように「あ、ちょっと」と呼び止めた。

「あの、じつはですね、ついさっき電話がありまして、お客さんと同じようなことを尋ねられたのですけど」

「ほう……」

和泉は緊張した。

「その電話は、誰からでしたか？」

「いえ、お名前はおっしゃいませんでしたが、男の方でした」

「それで、何を訊かれたのですか？」

「ですから、昨日お泊まりいただいた、女のお客さまの行く先がどこかと」

「教えたのですか？」

「はい、お教えしましたけど、いけなかったのでしょうか？」

和泉の口調に詰《なじ》るようなものを感じたのだろう。若夫人は不安そうだ。和泉は「いや」と、電話のこっちで苦笑した。自分も同じような質問をしているのだから、他人のことを非難するわけにはいかない。

「その人には、行く先のほかに何を教えたのですか？」

「ほかのことは訊かれませんでした」

「なるほど」

行き先以外のことについては、知識があるということなのか——。

和泉はあらためて若夫人に礼を言って電話を切った。

売店で和歌山県の地図を買って広げた。若夫人が言ったとおり、和歌山市の西、瀬戸内海に突き出た岬に「加太」という地名と、小さく「淡嶋神社」という文字があった。

ケーブルカーの改札口で、心配そうな顔で待っている麻子に、和泉はいきなり「今夜は和歌山に泊まろう」と言った。

「あら、吉野《よしの》で泊まるんじゃなかったんですか？」

麻子は呆れたように言った。吉野に泊まって、明日は奈良見物をして帰ろう——というのが、一応の計画であった。

「ちょっと予定が変わった」

和泉はニヤニヤ笑いながら、いまの電話の内容を説明した。

「淡嶋神社ですか……」

「なんだか、意味ありげに聞こえるね。その口振りだと、きみは淡嶋神社のことを知っているらしいな。以前に行ったことがあるのかい？」

「行ったことはないけれど、多少の知識ぐらいはありますよ。不信心なあなたとは違いますからね」

「ははは、それは言えてるな。しかし、それにしてもさ、こんな遠くの神社のことを、よく知っているものだ」

「淡嶋神社は女性の信仰の対象ですもの」

「ふーん、何を祀《まつ》っているんだい？」

「よく知らないけど、神功皇后《じんぐう》さまを祀っているのじゃなかったかしら」

「なるほど、神功皇后なら、なんとなく頼りになりそうな感じがするな」

「ばかねえ、そんな言い方をすると罰が当たるわよ」

「何を言ってるんだ。亭主をばかよばわりするほうが、よっぽど罰当たりじゃないか」

「あら、ごめんなさい」

麻子は笑って、頭を下げた。

「だけど、淡嶋神社はそういう、頼りになるとかならないとかいうんじゃなくて、女性の悩みごとを解消してくださる神様として信仰を集めているんですってよ」

「女性の悩みというと、亭主の浮気とか、嫁姑のいざこざとか、そんなところかい？」

「あなたが言うと、なんだか、いかにも次元が低そうに聞こえるわねえ。そりゃあ、たしかにそういう悩みもあるけど、もっとも切実なこと……たとえば、子供のことだとか、病気のことなんかね」

「そんなもの、女にかぎらず、男にだっていくらでもある。むしろ切実なくらいだ」

「そうじゃないのよ。女にはね、女にしか分からない悩みや苦しみがあるの。とくにあなたみたいな学者なんとかには、分からないものですよ」

「あははは、それを言われると、返す言葉もないな」

和泉は笑ったが、麻子は妙に深刻そうな顔をしていた。

7

高野山を下りると橋本《はしもと》から和歌山までは四十三キロ、JRの和歌山線でちょうど一時間の距離であった。列車にゆられながら、和泉はあの女性の運転する車とのスピードに思いを馳《は》せた。高野山を下るには、車で九十九折《つづらおり》の山道を走るよりも、ケーブルカーで麓《ふもと》まで下り、そこから橋本まで南海電鉄の電車を利用するほうが、いくらか早そうだ。乗換えのロスタイムと道路の渋滞を相殺《そうさい》すれば、ほぼ同じ程度の時間がかかるものと見て間違いはないかもしれない。

いくら独り旅といっても、おなかが空けば食事もとるだろう。高野山だって見物したり、お参りしたりで、こっちよりものんびりしているかもしれない。

どこかで追いつくか、それとも、淡嶋神社に先行できるか——と、和泉は自分がしだいに、捜査員の一人にでもなったような意気込みを抱きつつあることに気づいた。

和歌山には三時過ぎに着いた。ホテルを予約する時間を惜しんで、すぐに加太へ向かうことにした。和歌山からは、おもちゃのような電車で二十五分。加太は小さな漁港の町であった。

町並みも、そこに建つ家々も、町を抜けてゆく路もすべてが小ぢんまりしている。しかし、岬のはずれに出て、レストラン兼土産物店の角を曲がったところに建つ赤い鳥居は、立派なものであった。

その鳥居を潜《くぐ》って、女ばかりのグループがやって来るのと擦れ違った。すでにお参りをすませて、帰りに土産物屋をひやかそうという、のんびりした顔ばかりである。

これから鳥居を潜る人々は、対照的に神妙な顔つきだ。和泉が奇異に思ったのは、その人たちが、いずれも紙袋をぶら下げていることである。デパートやスーパーの買物袋といった感じで、どれも中身がいっぱいに詰まっている。

社殿も白い壁以外は、柱も軒も、鳥居と同様に真っ赤に塗られていた。まるで春日《かすが》大社か稲荷《いなり》神社のようだ。参道を進むにつれて、度肝《どぎも》を抜くような風景に出くわした。

境内を埋め尽くすような人形の波である。いや、人形とはいえない物もある。

まず正面の社殿の、いわば拝殿のような広間に、幾百か幾千かと思えるような内裏《だいり》雛《びな》の山があった。回廊の上には日本人形、下には十二支の動物人形がところ狭しと並ぶ。そのほか、ダルマ、カエル、河童《かっぱ》、天狗、博多《はかた》人形、相撲人形等々、木彫りから土偶《どぐう》、ぬいぐるみにいたるまで、ありとあらゆる人形や人形らしきものが、ぎっしりと境内を埋めているのであった。

「何なのかしら、これ？……」

麻子が脅《おび》えたような声を発した。たしかに、信仰心を持たない人間には、いささか不気味な光景だ。

「すごいねえ……」

和泉も正直、いささか辟易《へきえき》した。

「よくもこれだけの人形が集まったものだなあ。いったいどうやって集めたのかな？」

たとえば、干支《えと》の戌《いぬ》にあたる場所には、犬の人形がおよそ二百体ほどもある。その中にはビクターレコードのトレードマークである、例の小首をかしげた陶器の人形だけでも、二十体ぐらいはあった。いまどき、骨董屋《こっとうや》へ行っても、なかなか見つかりそうにない物が沢山《たくさん》、無造作に並んでいるから驚く。

とはいえ、圧巻は何といっても、前述の内裏雛の山である。巨大な雛人形店が倒産して、倉庫の中の品を洗い浚《ざら》いぶちまけ、積み上げたとしても、ここまであるかどうか、疑いたくなるほどのボリュームであった。

いったいどこから？――という疑問は、しかし、すぐに氷解することになった。

社殿の右手にある社務所のほうへ行くと、お守りなどを授けるところの前に、ちょうど粗大ゴミ置き場のように、大きな箱やら包みやらが置かれているスペースがある。

さっき、和泉夫婦と一緒に鳥居を潜った女性たちが、手にしていた大きな買物袋をそこに置いている。中身を覗き込むと、ぬいぐるみや雛人形であった。

「そういえば、聞いたことがあるわ」と麻子が和泉の耳に囁《ささや》いた。

「お人形を淡嶋神社に納める風習があるんですって」

「ふーん、何のために？」

「それはあれでしょう。やっぱりお人形をゴミと一緒に捨ててしまうのは、しのびないからじゃないのかしら。たとえば、亡くなったお子さんが大事にしていたお人形なんかだと、お子さんの霊が宿っているような気がするのかもしれないし」

「おいおい、ゾーッとするようなことを言うなよ」

和泉は首をすくめ、麻子は「ほんと、あなたって臆病なんだから」と笑った。

しかし麻子の言うとおりかもしれない——と和泉も思った。「捨て場」には大きな木箱に入った雛人形セットがそのまま置かれているのが三組もあった。かつては初節句に娘のために買ったものにちがいない。それを丸々捨てる——というと語弊《ごへい》があるなら、奉納するのは、その娘が亡くなったことを意味しているように思える。その女の子の両親は、娘の思い出と一緒に、この人形を奉納して行ったのだろう。

犬のぬいぐるみも、カエルの人形も、すべて愛情がこもっている品々だったと想像すれば、ゴミのように捨て去ることができず、この神社に納めた気持ちもよく分かる。

「それにしても、こんなに集まったのでは、際限なく増えて、いずれ置き場所に困るのじゃないかなあ」

「それはあれですよ、焼いてしまうのよ、きっと」

麻子は冷酷なことを言って、「ほら、あそこ」と、境内の左手のほうを指差した。

そこには高さ、幅、奥行きともに二メートルほどの焼却場が二つある。近づいてみると、なるほど、麻子の言ったとおり、人形を燃やしたような痕跡がある。燃える物はすべて灰と煙になってしまうのだろうけれど、陶器製の手足や首の残骸《ざんがい》らしきものが焼け残って転がっていた。

「どうも、あまり美しい風景とはいえないねえ」

和泉は顔をしかめた。麻子は焼却場に向かって手を合わせている。それからあらためて社殿に額《ぬか》ずいて参拝をした。順序が逆かもしれないけれど、和泉夫婦にしてみれば、むしろしぜんの成り行きであった。

それにしても、内裏雛の山に向かって頭を下げるのは、不信心の和泉には抵抗がある。麻子が真剣に祈っているから、まあお付き合いで参拝しているといったところだ。

その和泉の視野にふと気になる女性の姿が飛び込んできた。喪服のような黒っぽいスーツを着た、三十歳ぐらいの、いくぶん痩せ型の女が、胸に赤ん坊をしっかり抱いて、急ぎ足で鳥居を潜ってくる。

「おい、あの女性、違うか？」

和泉は早口で言って、麻子の注意を喚起した。麻子は「ん？」という目を和泉に向け、それからすぐに女性を見た。

「あっ、そうよ、あの人よ」

ほとんど直感的に断定した。

和泉は社殿の前を離れ、女性のあとを追った。

女性は社殿には参らず、真っ直ぐ社務所の前の「捨て場」へ向かった。「捨て場」には数人の女たちがいて、思い思いに手にした包みをそっと置いて、静かに一礼して去ってゆく。その女たちが行ってしまうのを待つつもりなのか、女性はじっと佇《たたず》んで、「捨て場」の包みの山を見つめていた。

和泉は彼女の背後に、接近した。かすかな歌声が聞こえてきた。

……

泣かんでや　泣かんでや

泣いたら　青い波の下
龍神さまに連れられて
……

露天風呂で聞いた、あの歌であった。すすり泣くように歌っていたが、ふいに声が聞こえなくなった。歌い終えたのか、それとも悲しみで胸が塞《ふさ》がったのかと和泉が思ったとたん、女性はいとも無造作に、胸の赤ん坊を放り出した。

8

和泉はドキッとした。まるで、それこそゴミでも捨てるような仕草だった。

しかし赤ん坊と思ったのは、大きなぬいぐるみの人形だったらしい。おくるみのような布に包まれて、顔の部分や中身は見えなかったが、すでに捨ててある人形たちの上に、ドサッと落ちたときの印象には、それほどの重量感はなかった。

それにしても、赤ん坊と信じていただけに、いきなり放り出されたのを見たとき、和泉のショックは大きかった。第一、彼女が露天風呂で抱いていた「赤ん坊」がそれだったとすると、あのとき、「シイッ！」と叱りつけたのは、いったいどういうことになるのだろう？

いや、彼女ははっきりと「起きてしまうやないですか」と非難の言葉を浴びせたのである。その口調や態度には、赤ん坊の平穏を守ろうとする、母親の真剣さが漲《みなぎ》っていた。あれが芝居やポーズだったとは、到底、考えられない。

女性はクルッと後ろを向いた。和泉の目と、彼女の目が真正面に向かいあった。

瞳孔《どうこう》が少し開いたような、曖昧《あいまい》な眼差しであった。唇もやや開きかげんで、精神が弛緩《しかん》していることを思わせる。目尻には涙の名残《なごり》が光っていた。

「赤ちゃん、お気の毒でしたね」

和泉は彼女の目を覗き込みながら、囁くように言った。

「？……」

女性は物問いたげに和泉を見つめてから、悲しそうにコックリと頷いた。それは幼女のようにあどけない仕草であった。虎ケ峰峠でタクシーを追い抜いて行ったときや、露天風呂で見せたような険《けわ》しい「狂気」に似た気配は払拭《ふっしょく》されていた。いや、張り詰めていたものが失われ、ほんとうの「狂気」が彼女の頭脳を覆ってしまったというべきなのかもしれない。

「これから、どうするの？」

和泉は幼女に対するように、優しい口調で訊いた。

「ああ……」

女性は吐息を洩らし、何かを探すような目を、天空に彷徨《さまよ》わせた。目的意識を失って、これから先、どうすればいいのか分からない自分に、戸惑っている様子だ。

龍神街道を北上し、高野山に詣《もう》でて、淡嶋神社に人形を納めて——悲しい思い出や苦しみを捨てて——そこまでで彼女の、いわば生きる目的は、とりあえず終えてしまったにちがいないと和泉は思った。

(何があったのだろう?——)

和泉は女性の覚束《おぼつか》なげな表情を見ながら、彼女が車で辿《たど》ってきた道程より以前にあった出来事に想像を飛ばした。

彼女を狂わせたものが、愛児の死であるにしても、ふつうの死に方であったとは思えない。悲しみのショックだけでは、人は狂うことはない——と和泉は信じている。その上に恐怖や、悔恨や、憎悪といった、いくつものファクターが重なって、はじめて、精神のタガは破壊される。

愛児の死と、彼女の狂気と、そしてタクシー運転手が殺された事件と——それらがどこでどのように結びついているのかを、和泉は考えつづけた。

殺人者にとって、彼女の「暴走」はきわめて不愉快であり危険なことらしい。それは、単に彼女を目撃したにすぎないタクシー運転手をあっけなく消してしまうほどの切羽詰まったものなのだ。彼女を追っていることを知られただけでも、タクシー運転手を生かしておけない動機とは、いったい何なのだろうか？

女性は和泉を見つめたまま、じっと動かなかった。時間にして三十秒ほどだろうか。それほど長いわけではないが、見知らぬ男と面と向かっているには、かなり長い時間といわなければならない。それにもかかわらず、じっと動かないでいること自体、彼女の異常さを物語るものであった。

「行きましょうか」

和泉はふいに、こうして時間を無駄にしていることに危険なものを感じて、彼女の腕を取って歩きだした。「はい」と、驚くべき素直さで、女性は和泉に従った。

「どうなさったの？」

ずっと、二人の様子を窺《うかが》っていた麻子が、心配そうに寄ってきて、女性を挟むようにして、三人が並んで歩いた。

「どうやらお気の毒な身の上らしい。優しくしてやってくれないか」

和泉は静かに言った。それ以上、詳しい説明は不要だった。麻子にも和泉の危惧《きぐ》は伝わって、「そうなの」と短く言っただけで、何も訊こうとしない。

三人は神社に来る途中の角にある、三階建ての魚料理を食べさせるレストラン兼土産物店に入った。女性は駐車場のほうを振り返って、「あそこに、車が」と呟いた。

和泉が「少し休んで行ったほうがいいですよ」と言った。このままの状態の彼女が、車を運転することは危険だし、それとはべつの危険が迫っていることも、ほとんど本能的に感じていた。

女性はやはり幼児のごとく、コックリと頷いただけで、あえて逆らわなかった。

レストランの三階の窓から見ると、紀淡《きたん》海峡が眼下に広がっていた。遠く山並が霞《かす》んで見えるのはたぶん淡路島だろう。その手前には、何という島か、細長い島が二つ海峡に浮かび、白い船体のフェリーや貨物船が行き交っていた。

「きれいねえ……」

麻子が連れの女性の切実な悩みに無頓着《むとんちゃく》な、のんびりした声を出した。どんな場合でもそういう、あっけらかんとしたところを失うことのない性格が、彼女の長所だと、和泉は感心している。

「ほんま……」

女性もつられたように、無邪気に言った。口を半開きにして、ぼんやりと海を眺めている。

ここまで来るあいだじゅう、彼女を支えていた激情が去って、ポッカリ穴が開いたような解放感が、彼女の精神を支配してしまったらしい。

和泉夫婦よりかなり年配の、太ったおばさんが注文を取りにきた。女性は「ミルク」と言い、和泉夫婦もそれに倣《なら》った。おばさんは「サザエのつぼやきがおいしいですよ」と勧めたが、誰もそれには応えず、窓の外ばかり眺めている。おばさんは不満そうに口を尖《とが》らせて立ち去った。

和泉は麻子と女性が向けているのとは違う方角に、視線を釘付けにされていた。

女性の白い車に二人の男が近づいて、しきりに車の中を覗き込んでいる。明らかに暴力団員ふうの外見だ。すぐに見きわめがついたのか、二人の男は車から離れると、鳥居を潜って社殿のほうへ歩いて行った。

テーブルにミルクが運ばれてくると、女性は猫のように舌を鳴らして、おいしそうに飲んだ。麻子はカップに口を当てて、女性の仕草を眺めながら、ゆっくりミルクを啜《すす》っている。

和泉は気が気ではなかった。あの二人の暴力団員ふうの男が、いずれここにやって来ることは想定できた。どういう事情があるのかは、まだ分からないにしても、彼らの目標がこの女性であることはまず間違いない。そして、彼らがタクシー運転手殺害の犯人である可能性は同じ程度に強かった。

9

二人の男が引き返して来るのは、思いのほか早かった。もっとも、淡嶋神社はそれほど大きな敷地をもっているわけでもなく、境内はほとんどひと目で見渡せてしまえるほどだ。人形の山に目を奪われさえしなければ、そこに目指す女性がいないことぐらい、すぐに見きわめがつく。

二人の男は参道脇に並ぶ土産物の店を一軒一軒覗き込んで、早足にやって来る。残るは鳥居を出外れたところにあるこのレストランということになった。

入口の前に佇んで、建物を見上げる、二人の視線を避けて、和泉は窓際から体をのけ反《ぞ》らせた。

三階には三人のほかに客の姿はない。店のおばさんも、儲からない客の相手をしていてもしようがないと思ったのか、階下へ下りてしまった。

見回したが、このフロアには電話もなかった。店に入るとき、入口脇のレジのところに電話があるのは見たが、あそこまで辿り着けるとは思えなかった。

「出よう。彼女を連れて来てくれ」

和泉は短く言って、立ち上がると、麻子の分まで荷物を摑み上げ、出口とは反対側のドアへ向かった。

「そっちじゃないわよ」

麻子は怪訝な顔をしている。

「いや、いいんだ、こっちから出る」

ドアを開けると、そこから先は従業員しか入れないスペースで、暗くて窮屈な階段から魚を焼く匂いが立ちのぼってきた。

そのとき、背後から「あっ、お客さん、そっちへ行ったらあかん」とおばさんの声がかかった。食い逃げでもされるかと思ったらしく、駆け寄って来る。

「分かってますよ。ちょっとこっちの出口から出してもらいたいんだ。お勘定はそこに置きましたからね。お釣はいらない」

和泉は二人の女性を先に階段へ押しやっておいて、おばさんを振り返った。

「それから、もし誰かに訊かれても、われわれのことは言わないでください」

「はあ……」

おばさんは面白くないらしい。仏頂面《ぶっちょうづら》で、勝手な三人の客を見送っている。この分だと、黙っていてくれる保証は、あまり期待しないほうがよさそうだった。

二階が調理場であった。階段からゾロゾロと三人の客が下りてきたので、板前はびっくりして、「なんやね、あんたら。ここに入ってきたらあかんがな」と大きな声を出した。ちょうどそのとき、調理場と二階の客席部分との境目にある、カウンターのような窓越しに、二人の男が三階へ通じる階段を上がってゆくのが見えた。

和泉は慌てて人差指を唇に当てた。

一階に下りると、和泉は二人の男が通ってきたばかりの参道へ走って、三軒目の土産物屋に飛び込んだ。麻子は女性の手を引いて、和泉に続いた。和泉夫婦は息をはずませているけれど、若いだけに、女性は平気な顔をしている。

この店のおばさんも、レストランのと似たり寄ったりの年配で、塩辛声《しおからごえ》で「いらっしゃい、サザエが焼けてまっせ」と言った。

和泉は女性を狭い店の奥に押し込んでおいて、外の様子を窺った。レストランから飛び出した二人の男は、背伸びをするようにして車の方角を眺め、それから町のほうへ走って行った。よもや、すでに調べ終えた参道脇の店に潜《ひそ》んでいるとは、思わなかったにちがいない。

とはいっても、女性の車があそこにある以上は、二人の男がこの付近を離れるはずがない。いずれはふたたび、この辺りを探しにやって来ると考えたほうがよさそうだ。

「和歌山県警に電話して、高島部長刑事を呼んでくれないか。もし不在だったら、誰でもいい。とにかくすぐに淡嶋神社に駆けつけるよう、伝えてくれ」

和泉は麻子に言った。自分でそうしたほうがいいのかもしれないが、その間に女性が逃げようとしたりする、不測の事態が起きないともかぎらなかった。

麻子は夫の口調にただならぬ気配を感じたのだろう、すぐに頷いて、土産物屋から少し離れたところにある公衆電話へ向かって走って行った。

店には古びたテーブルが二脚と、椅子が二脚、それとベンチ式の椅子が二脚あるだけだ。和泉は女性にいちばん奥まったところにある椅子を勧め、自分も彼女の向かい合いに坐《すわ》った。

おばさんはテーブルの脇に立って、何も言わずに二人の客を等分に眺めている。さっき和泉が「和歌山県警」と言ったので、びっくりしたらしい。

「まだ名前、聞いていませんでしたね」

和泉は女性に笑いかけながら言って、「私は和泉という者です」と名乗った。

女性は物憂そうに「マキです」と言った。「マキ」が「牧」あるいは「真木」という苗字《みょうじ》なのか、それとも「真紀」というようなファーストネームなのか分からない。それを訊こうと思ったとき、おばさんが「何にします?」と言った。和泉は「サザエのつぼ焼き三つ」と、突慳貪《つっけんどん》に答えた。どうせ食べるつもりはないのだ。

しかし、「マキ」はサザエが運ばれてくると、じつにおいしそうに食べた。つられて和泉もつい手を出すことになった。すぐ前の海で獲れたものだそうだ。おばさんが自慢するだけあって、たしかに美味い。しかし、のんびり味わっている場合ではないのであった。

まもなく麻子が戻って来た。

「高島さんはいなかったけど、ほかの人がすぐに来てくださるそうですよ」

ハアハア息を切らせて言った。

「いったい何がどうしたの?」

麻子に訊かれたが、「マキ」の前で露骨なことは喋れない。和泉はそれとなく麻子の耳に口を近づけ、内緒話のようにして、これまでの経緯から推測できることを、かいつまんで話した。

「じゃあ、さっきのあの二人が殺人犯ていうこと?」

麻子は驚いて、店の外を窺った。

「町のほうへ行ったから、しばらくは戻って来ないだろう。連中より警察が先に来てくれることを願うね」

「それはそうだけど……でも、マキさんにいったい、何があったのかしら？」

麻子は、まるで他人事《ひとごと》のようにサザエを黙々と嚙《か》み締めている「マキ」を、つくづくと眺めて、溜め息をついた。

「マキ」のことは麻子に任せて、和泉は店先近くまで出て、外の様子に気を配った。和歌山市内からの距離は十キロあまりである。パトカーがサイレンを鳴らして来れば十分もあれば充分だろう。しかし、マイカーでやって来るとなると、どのくらいかかるものか、さっきの二人組が戻って来ないうちに到着してくれるかどうか、不安なことではあった。

十五分ほど経過したとき、黒い乗用車が駐車場の近くに停まった。中から二人の私服の男が下りて、周囲をキョロキョロと見回している。

来たな――と和泉はほっとして、店の前に出て、「こっちこっち」と手招きした。

二人の私服は顔を見合わせて、ためらっている。電話が女性からのものだったので、男が呼ぶのを妙に思っているのかもしれない。和泉は麻子に「マキ」を連れて外に出るように言って、サザエの代金を払った。

三人が店から出ると、刑事はいっそう戸惑った様子を見せた。こっちの素性を怪しんでいるのかもしれない。まごまごしていると、暴力団員の二人がやって来るおそれがある。仕方がないので、こっちから歩いて行くことにした。

「遅かったですね」

まだ三十メートルも手前で、和泉は声をかけた。文句の一つも言わないと、気がすまない心境であった。

そのときになって、二人の刑事は意を決したように、小走りに近づいて来た。

「いやぁーっ……」

「マキ」がとつぜん、奇声を発した。麻子に摑まれている腕を外すと、身をひるがえすようにして逃げた。

「あっ、待って！」

麻子が叫び、和泉が追い掛けようとするより早く、二人の刑事が「マキ」に追いすがった。ちょうど赤い鳥居のところで、「マキ」は男に捕まった。左右から刑事に腕を摑まれ、引きずられるようにして黒い車へ向かって行く。これではまるで、警察に逮捕される容疑者みたいなものだ。

「違う違う！……」

和泉は叫んで、二人の刑事の行く手を遮った。刑事が何か、「マキ」のことを勘違いして、受け取ったのだと思った。

刑事は黙って、和泉を無視して自分たちの車に「マキ」を連れ込んだ。

「しようがないな……」

警察の強引さには、和泉は多少は理解を持っている。連中は上から命令されたことを、金科玉条《きんかぎょくじょう》のごとくに、忠実に履行《りこう》しないと気がすまない習性がある。

和泉は麻子に、「マキ」と彼女を押し込んだ刑事のあとから後部座席に乗り込むよう促《うなが》し、自分は助手席のドアを開けた。

「待たんかい」

運転手役の刑事が和泉夫婦を制止した。

和泉は麻子と顔を見合わせた。何か様子が違うものを、ようやく感じた。その点は刑事の側も同じだったらしい。二人は運転席と後部座席から、それぞれ身を乗り出し、額《ひたい》を合わせるようにして、何ごとか囁き交わしている。「どうする」とか、「しょうないやろ」といった、関西弁のやりとりが聞こえた。

(まずい——)

和泉は麻子に目で合図して、助手席のドアを離れ、後部座席に押し込められた恰好の「マキ」を、何とか外に引っ張り出そうと試みた。

「何するんや！」

運転席の刑事――いや、刑事らしき男の一人が車から飛び出すと、ジャケットの内ポケットに手を突っ込んで、和泉に迫った。

「おい、車に乗らんかい」

男は和泉の腕を摑み、体を寄せると、内ポケットに隠した硬い物体を、和泉の背中にゴッゴッぶつけた。明らかに拳銃である。この連中のことだ、その気になったら、ほんとうにぶっ放しかねないのは、タクシー運転手の例で実証ずみだ。

和泉は観念して、脅えた目で、車にもたれ腰が抜けそうな恰好をしている麻子に、肩をすくめてみせた。

三人の「客」は前後の座席に分かれて坐らせられた。運転の男に代わって、後部座席の男が拳銃を構えることになった。

車が走りだしたとき、最前の二人のヤクザふうの男が引き返して来た。和泉はこの二人の仲間がさらに増えたと思ったが、車は停まる気配を見せず、ヤクザふうの二人組を尻目に、海岸沿いの道路を疾走した。

あっちの二人のほうが、こっちの二人よりはるかにヤクザふうだが、本物のヤクザなのかどうか、和泉はすっかり自信を喪失してしまった。少なくとも、和歌山県警の刑事と信じた相手が、とんだ見込み違いだったことだけは確かのようだ。

10

加太の町を出外れたところで、パトカーと擦れ違った。あれが本物の県警からの車なのかもしれない。だとしたら、ずいぶんゆっくりしたものである。

「何をやっているんだか……」

和泉は思わず舌打ちをした。

「なにっ?」と、後ろの男が怒鳴った。

「いや、あんたたちに、わざわざマキさんを差し出すなんて、間が抜けた話だと言ったのですよ」

「ははは、まったくやな」

男は小気味よさそうに笑った。

「おい、笑っとらんで、そのバッグの中身、確かめてみろや」

運転の男がじれったそうに言った。後ろの男が「ああ」と応じて、後部座席に載せてある和泉のボストンバッグを引き寄せ、ファスナーを開けた。

「なんや、これ？」

「それは僕の着替えと下着と洗顔用具と薬類ですよ。下着や靴下は洗っていないものもありますから、あまり触らないほうがいいんじゃないかな」

「あほっ……」

男は慌ててファスナーを閉め、麻子のバッグをひったくった。しかし、そっちのほうがさらに惨憺《さんたん》たる結果であった。麻子本人が目を覆いたくなるような中身だ。

「やめなさいよ、そんなものを見るのは！」

麻子は本気で怒って、恐怖も忘れ、男の手からバッグを取り戻した。

「おい、あかん、これは違うで」

後ろの男は前の男に言った。とたんに車は乱暴にブレーキをかけて、停まった。

「違うって、そしたらブツはどこにあるんや？」

運転の男は引きつったような顔を振り向けて、怒鳴った。後ろの男は茫然として、

「知らんがな。奥さんは何も持ってへんかったしな」とぼやくように言った。

（なるほど――）と、二人の会話で、和泉は多少、状況を把握できた。連中はおそらく、「マキ」が拐帯《かいたい》していた麻薬か貴金属を追っているのだ。それにしても、「マキ」

のことを「奥さん」と呼んだのには、いったいどういう意味があるのだろう？　まさか運転の男の夫人であるとは思えないが……。

「おい、おまえ、ブツはどこや？」

　運転の男が和泉に訊いた。

「知りませんよ、そんなもの」

「隠したら、ためにならんぞ」

「隠すはずがないでしょう。僕たちはあんた方が味方だとばかり思い込んでいたのですからね」

「そうやな……」

　相手も、それは認めないわけにいかなかったようだ。

「そやけど、おまえら、奥さん……この女とどういう関係や？」

「知り合いです」

「知り合いは分かっとるがな。どういう知り合いか訊いとるんや」

「それより、あなた方とマキさんとはどういう知り合いなのか、それをまず、聞かせてくれませんか」

「マキさんて……そうや、あんた、名前まで知っとってから……」

男は警戒の色をいっそう濃くしたが、しかし「マキ」の名前を知っていることで、いくぶん敬意を抱いたように、和泉を呼ぶのに「おまえ」が「あんた」に昇格した。

「それやったら、ほんまはブツの在《あ》りかを知っとるんやろ？　どこへ隠したか、教えてくれんかな」

懇願口調を加味して、言った。

「僕なんかに訊くより、マキさん本人に訊いたらいかがです？　そのほうが手っ取り早いでしょう」

「そら、あかん。あんたかて知っとるやろ。奥さんはイカレてしもうとる」

頭の横で、掌を微妙にひらめかせた。さっきからずっと、「マキ」に対して話しかけようとしないのは、最初から質問しても無駄であることを承知しているからなのだ。

「いったい、マキさんに何があったのですか？」と、和泉は出来るだけ怖い顔を作って、言った。二人の男はたがいに視線を交わしたが、黙っている。

「あなたたちは、マキさんの赤ちゃんに、何をしたのですか？」

和泉がそう言ってさらに追及すると、とたんに、男は二人とも狼狽《ろうばい》して、手を振った。

「いや、わしらは何もしてへんがな。おかしなことを言うてもろたら困るがな」

運転の男が言い、もう一人も「そうや、そうや」と強調した。

そのとき、「マキ」がおかしそうに笑い出した。笑いながら、「カズちゃん、流れてしまうんよ」と言った。

「ちゃんと神さまに納めたよって、流れて、龍神さんに連れて行かれてしまうんよ。カズちゃん泣かへんけど、龍神さんに連れて行かれてしまうんよ」

「マキ」を除く敵味方の四人が、交互に顔を見合わせた。

「何や、いまのは?」と、運転の男が相棒に訊いた。

「龍神さんが連れて行くとか言うてはったが、まさか龍神温泉に置いてきたんと違うやろか?」

「違うやろ。もし置いてきたのやったら、宿に電話したときに、宿の者が何ぞ言いそうなもんや」

「それもそうやな……あっ、そうか、車とちがうか」

運転の男が思いついたのに、後ろの男は「まさか」と否定した。

「ブツを車に置きっぱなしにはせんやろ」

「しかし、奥さんはふつうやないしな」

「そうか、それもそうやな」

　二人の男は、うんざりしたような目で「マキ」を眺めた。彼らの感覚からすると、ブツを手元から離して、車なんかに置き去りにする発想は、基本的にあってはならないことなのだろう。しかし彼女に関するかぎりは、常識はずれの行為があっても仕方がない——という結論で、二人の男の意見の一致を見たらしい。

「車、どこやね？」

　後ろの男が和泉に訊いた。

「さっきのところですよ。駐車場があったでしょう、あそこです」

和泉は隠してもしようがないので、教えてやった。

「嘘やろ」と男は疑わしい目をした。

「あそこに車があるのやったら、なんでこっちの車に来たんや？」

「それはもちろん、マキさんの運転じゃ危険だと思ったからですよ」

男は和泉の失策を笑うのか、それとも自分たちの手抜かりを笑うのか、「ふん」と鼻を鳴らした。

「どないする、パトカーが行きおったけど」

　相棒に相談した。後ろの男は「行くよりしょうがないやろ」と言った。和泉も心の中で「行け行け」と煽《あお》った。

時刻は五時を回っていた。西に突き出た岬である。陽が沈むまではまだ時間があるけれど、早く車を確かめに行ったほうがいいのか、暗くなるのを待ったほうがいいのか、二人の男は思案に窮している様子だ。

「あの駐車場、何時までだったかな？」

和泉は麻子に小声で訊いた。麻子はもちろん、和泉だって、駐車場に行ったわけでもないし、そんなことは知らない。麻子は一瞬、「えっ？」と戸惑ったが、すぐに了解して、「たしか六時までじゃなかったかしら」と応じた。

「まずいやんか」と、運転の男が舌打ちをした。不審な車――と、中を調べられでもしたら具合が悪いにちがいない。

しばらくのあいだ、苛立《いらだ》たしそうに貧乏揺すりをしてから、腹を決めたらしく、

「よっしゃ、行こうか」と、アクセルを踏み、ハンドルを切った。

11

淡嶋神社のかなり手前で車を停めた。古い町の海側に防潮堤と一緒に作ったようなバイパスがある。そこの、道路幅がもっともふくらんだところだ。その外側は漁港で、

三十隻あまりの漁船が、夕凪《ゆうなぎ》の穏《おだ》やかな海に、ひっそりと船縁を寄せあっていた。

「おまえ、見てこいや」と運転の男が前を見たままの姿勢で言った。

「奥さんの車、分かるやろ？」

「ああ、分かっとる。そしたら、キー、貸してもらおうか」

手を出したが、「マキ」は首を横に振った。そのときになってはじめて、男は「マキ」がバッグはもちろん、ポシェットさえも持っていないことに気づいた。

「ん？　誰が持っとるんや。あんたか？」

訊かれて、和泉は苦笑した。

「いや、僕らは車を運転しませんよ」

「そしたら、どこや？」

男は狼狽《ろうばい》した。

「まさか、車、ロックしてへんのやないやろな」

「そのまさかかもしれへんぞ」

運転の男が引きつったような顔を振り向けて、「とにかく、はよ行ってみんかい」と怒鳴った。後ろの男はドアを蹴飛《けと》ばすようにして走り去った。

和泉は麻子に目配せをした。拳銃を持った男がいなくなれば、恐れることはない。

麻子も頷いて、二人同時にドアを開けた。いや、三人――というべきであった。「マキ」のほうがむしろ早いくらいのタイミングで、男がいなくなった側のドアを開け、外に出た。

「あっ、こら、どこへ行くんや！」

運転の男は悲鳴のように怒鳴った。その声を無視して三人は走った。「マキ」が先頭を切って走る。若いだけに和泉夫婦はどんどん置いてけぼりを食いそうな速さだ。すでに姿は見えないが、前を行く男を追い掛けてでもいるかのような、疾走ぶりであった。長い髪が風になびき、スカートの裾《すそ》を翻《ひるがえ》して、それこそ狂気にかられたとしか思えない。

「ねえ、これから、どうなるの？」

息を切らせながら、麻子は訊いた。

「とにかく、彼女を抑《おさ》えるしかないだろう。それに、心配なのはブツのほうだ」

和泉は足の運びが鈍って、諦《あきら》めて歩きだした。麻子もそれに倣った。

「ブツって、麻薬のことなんでしょう？　車の中にあるのかしら？　だったら、もう取り返せないわよ。警察に任せたほうがいいんじゃないの？」

「いや、ブツは車の中じゃなくて、あれがそうだったと思うよ。ほら、彼女が奉納した人形みたいなやつ」

「あっ、そうなの、あれなの？」

「いや、はっきりそうとは言えないが。しかし、もしそうだとすると、焼却されるおそれがある。麻薬だったら、燃えてしまうのは構わないが、ひょっとして有毒ガスが発生しないともかぎらないからね」

息を「ぜいぜい」させながら、途切れ途切れに喋った。奉納された人形の焼却は毎日やるものか、何時ごろに焼くものかは知らないが、それだけに心配なことではある。

ようやく鳥居のところまで辿り着いたとき、後ろから猛烈な勢いで運転の男が走り抜いて行った。よほどブツのことが気にかかるのか、和泉夫婦の存在になど、目もくれようとしないで突っ走った。

三軒目の、和泉たちがサザエを食べた土産物屋にさしかかったとき、中から二人の男が顔を出した。例の、見るからにヤクザふうの男たちだ。店の前に出て、走り去った男の方角を眺めている。

「あっ、このお客さんですがな」

店のおばさんが現れ、和泉夫婦を指差して、大きな声で言った。

「ん？」と、二人はこっちに視線を向けて、近寄って来た。一人が胸のポケットに手を突っ込んで警察手帳を出した。和泉は驚いた。この二人が刑事だったとは——。近頃はヤクザと刑事の見分けもつかなくなってきたらしい。

「おたくさんたちは、倉田《くらた》さんの知り合いですか？」

刑事は訊いた。

「倉田さん、というと？」

「とぼけてもらったらこまるな。おたくさんたちが一緒にいたのは、この店の人に聞いて分かっているんやから」

「ああ、あの女性が倉田さんですか。それじゃ、倉田マキさんというのかな？　マキさんとだけ承知していましたが」

「そうです、倉田マキさん。それで、彼女はいまどこにいますか？」

「あっ、そうだ。それだったら急いでください。彼女は危険な状態にあるんだから。向こうです。いまここを走って行った男、あれが暴力団員か何かで、しかも殺人を犯しているらしい」

「殺人？」

「そうですよ、拳銃も所持している。あいつに捕まらないうちに早く！」

和泉自身、そう言いながら、ふたたび走りだした。麻子もついてくる。二人の刑事は逡巡《しゅんじゅん》しながら、それでも和泉の剣幕に煽られて勢いよく走りだした。

暮れなずむ境内には、参拝者の姿はなかった。社殿の周囲は閑散として、地面を覆う人形たちがいっそう不気味な感じである。社殿の右手に、後から追い掛けて行った男が佇み、辺りの様子を窺っている。倉田マキと最初に走った男の姿は見えなかった。

「あの男です」と和泉は指差した。

「彼は目下、拳銃を持っていません」

その言葉に安心して、二人の刑事は男に近寄って行った。男は気配に気づいて振り返ったが、そのままの恰好で相手の近づくのを待った。ひょっとすると、和泉たちと同じで、同業者かと錯覚したのかもしれない。刑事に手帳を示されて、はじめてギョッとなったが、結局、逃げはしなかった。

刑事は男に何か訊問《じんもん》を始めた様子だ。

「何をモタモタしているんだ。そんなことより、早く彼女を保護しないと……」

和泉は焦った。考えてみると、刑事はほかにもう一人、犯人の仲間がいることを知らないのだ。

「まずいな」

和泉が刑事にそのことを告げようと、一歩歩きだしかけたとき、社殿の左から男が現れた。車の後ろにいたあの男だ。腕に何やら包みのようなものを抱いている。どうやら倉田マキが奉納した物体らしい。

「遅かったか……」

和泉はその物体を、おそらくは暴力で奪われたのであろう、倉田マキの状態を慮《おもんぱか》って、絶望的な声を出した。

「あの人、変だわ」

麻子が言った。たしかに、男の様子はふつうではなかった。まるで酔っぱらいか夢遊病者のように、あぶなっかしい足取りである。相棒と二人の刑事もその男に気づいた。五人の人間が見守る中で、男はユラユラと漂流するクラゲのように歩いて、社殿の正面、和泉夫婦のすぐ目の前でつんのめって、顔面から倒れ伏した。

「あっ」と叫んだのは、刑事に捕まっている男だった。走り寄って、倒れた相棒を抱き起こした。相棒の男の顔からは、いまのショックで怪我をしたのか、血が流れ出していた。いや、後頭部からも、はじけたように出血している。しかし、まだ死んではいなかった。虫の息だが、たしかに生きている。刑事の一人が「救急車、呼んできます」と走って行った。

その方角から、また二人の男が駆けてくるのが見えた。その顔に和泉は見憶えがあった。高島部長刑事とその部下である。

高島は和泉に、「出先で連絡を受けたもんで」と言い訳がましく言いながら、負傷した男を見下ろし、驚いて、もう一人の、怪我人を抱いている男に「おまえが殺《や》ったんか？」と詰め寄った。

「いや、この男は自分らが確保していましたので」

ヤクザふうの刑事が保証した。

そのとき、社殿の左手から、倉田マキが現れた。しずしずと、結婚式の巫女《みこ》のような歩き方だが、足取りはしっかりしている。異様なのは、右手にビクターの犬の人形をぶら下げていることだ。二十体ばかりあったうちの、大型のものらしい。陶器だから、かなりの重量があるのだろう。腕と一直線にダランと下げて、ゆっくりと歩いて来る。

「またやってしもうたんかいな……」

運転の男が、近づくマキの顔を見上げて、悲痛な声で言った。

「これで四人目や」

「えっ？」と、和泉は男の言った意味に、恐ろしい連想が走った。

「四人目って、まさか、虎ケ峰峠のタクシー運転手も？……」

「そうらしいのですな」

高島が憂鬱《ゆううつ》そうに言った。

部下の刑事がマキの前に立ちはだかって、犬の人形を取り上げ、両手に手錠をかけた。マキはまったく無抵抗で、刑事に腕を摑まれるまま、鳥居の方角へ歩きだした。

それからまず野次馬が集まって、少し遅れて救急車、さらに遅れて応援の警察官がドッと押し寄せてきた。そうなってようやく、和泉夫婦と暴力団ふうの男たちは、現場から解放された。ただし、和泉夫婦と元気なほうのヤクザは警察へ、瀕死《ひんし》の男は病院へと移送されることになった。

「倉田マキは堅気《かたぎ》の出ですが、彼女の亭主は、名古屋の暴力団の幹部でしてね」と、和歌山署の取調室で高島は話してくれた。

「麻薬関係では組の責任者格だったのです。それで、自宅にもヤクを隠しておったのだが、妻のマキには何かのクスリであると言っていた。それを真に受けて、マキは自分のコーヒーと赤ん坊のミルクに、少しずつヤクを混ぜて飲んでいたらしい」

「まあっ……」

麻子が眉をひそめた。

「あるとき、赤ん坊の様子がおかしいのに気づいた亭主が、彼女を問い詰め、事実を知って、驚いて赤ん坊を病院へ連れて行ったのだが、すでに手遅れで、その日のうちに死んでしまったのです。それを、マキは赤ん坊を奪われたと勘違いしたのか、亭主を後ろから殴って殺しちまったのです。もちろん、その時点ではマキは精神に異常をきたしていて、どうにもならなくなっていたようです。しかも、困ったことに、マキは亭主がヤクを隠しておいた大きなぬいぐるみの人形を赤ん坊と錯覚してましてね、それを取りに来た組の人間を亭主のときと同様に殴り殺して、ヤクを持って逃げ出したのです」

「しかし、タクシーの運転手さんはどうして殺したりしたのですか？」

　和泉は訊いた。

「あれはアクシデントみたいなものでしょうな。あれからさらに詳しくテープの録音を分析した結果、運転手の相手は女性である可能性が強くなった。そして、倉田マキが龍神温泉の宿に到着した時刻などから推測すると、どうやら、彼女は道に迷って、一時、虎ケ峰峠の方角に戻ってしまったらしいのです。そしてタクシーに道を尋ねたところ、運転手は親切にも車を下りて、彼女の車に近づいたもようです。そこまではどうにかこうにか、判断ができたそうです」

「だったら、何も殺される理由はないじゃないですか」

「うーん……たしかにそのとおりですな。われわれにもどうもよく分からないのだが、おそらく運転手は車の中にあるぬいぐるみの人形を見て、何か言ったのじゃないですかね。それを本物の赤ん坊のように扱っているマキを、笑うようなことだったかもしれないし、ひょっとすると、ドアを開けて、触ろうとしたのかもしれない。それでマキは赤ん坊を守ろうとして……まあ、ヤクに脳をやられていたとはいえ、まるで子持ちの猛獣のようなものですなあ」

高島部長刑事は、いたましそうに、しきりに首を振って言った。

「しかし、彼女は、ぬいぐるみの人形を捨てるときには、いとも無造作に放り投げたように見えましたがねえ」

「ふーん、そうでしたか。そういう切替えみたいなことは、どうなっているのですか、自分には分かりませんが。とにかく、ぬいぐみの人形はひた隠しにしておって、人形に近づく者には、異常なほどの警戒心を持っておったようですよ。つまり、生かしておけないというくらいにね」

高島の言うのを聞きながら、和泉は首筋にひんやりするものを感じた。龍神温泉の露天風呂で、ものすごい剣幕で睨みつけた、まさに龍神のような眸《ひとみ》がありありと蘇《よみがえ》った。

鏡の女

1

浅見光彦《あさみみつひこ》のところに奇妙な宅配便が配達されたのは、鹿児島で死者行方不明十八名という土砂崩れの被害が出た日のことである。

東京は夜半に小雨がパラついた程度で、梅雨《つゆ》の中休みのような静かな朝だった。

浅見は幽霊を見ていた。ベッドの裾《すそ》のほうに白いものが坐《すわ》っている。人間の姿をしているのかどうか、はっきりは分からない。ましてや女であるか男であるかなど、判別できない。

幽霊を見る時はいつもそうなのだが、浅見の体はいわゆる金縛《かなしば》りの状態である。幽霊をもっとよく見たくても、逆に、布団《ふとん》を頭から被《かぶ》ってしまいたくても、身動きが取れない。

浅見が幽霊を見るのは、そう珍しいことではない。いや、そういう経験というのは、大抵の人が持っているにちがいない。ただ、他人に幽霊を見た証拠を示すことができないから、みんな自分の胸の内にしまっておくだけのことである。

それに、あとから考えて、あれは夢だったのかもしれない——というふうに割り切ってしまうこともある。いいおとなが「私はお化けを見ました」などといえば、人にばかにされるのがオチだという分別《ふんべつ》も働く。まだしも、UFOを見たとでも言うほうが、現代感覚にマッチしている。

夢と現実、有意識と無意識の狭間《はざま》のようなところに、幽霊は現れる。それはあくまでも個人個人の体験であって、その体験を他人と共有することは不可能だ。ましてや、写真に撮ったりすることなど、できようはずもない。心霊写真だとか、背後霊の写真だとかいうのは、あれはみなまやかしに決まっている。

いま、浅見は幽霊を見ている。だからといって、それが幽霊である証拠は、むろん、無い。ただ、浅見は（あれは幽霊なのだ——）と思っているだけである。

心理学的にいうと、そういう幻覚を見るのは十代から二十代にかけての、いわゆる青年期に多いのだそうだ。理論的なことは分からないけれど、肉体の成長と精神の成長のひずみのようなところに、超常的な現象が忍び寄るということは、素人考えでも、なんとなくありそうな気がする。

ただし浅見光彦はすでに三十三歳、いいおとなである。そういういいおとなが、依然として幻覚を見て、怖がっているというあたりが、いささか滑稽《こっけい》ではあった。

まったくのところ、浅見はお化け嫌いなのである。夜中にトイレに行くのが怖い。トイレのドアを開けた時、そのむこうに得体《えたい》の知れない「何か」がいる――と想像しただけで恐ろしい。

よく、「お化けなんかより、生きている人間のほうがよっぽど恐ろしい」などと言う人がいるけれど、浅見にはそういう考え方が理解できない。人間ならどんな悪党でも、やることに限界がある。いくらひどい目に遭《あ》うとしても、せいぜい殺されるのが精一杯だ。

そこへゆくとお化け（または幽霊）は何をするか分からない。第一、テキがその気になったら、防ぎようがないのである。どんな隙間《すきま》からでも侵入してくるし、気がついたらすぐ目の前にいるのだから、始末が悪い。

いま見えている幽霊は、ただじっとうずくまっているだけである。こっちに対して害意を持っているのかいないのか分からない。何も言わないし、何が目的で、これからどうしようとしているのか分からない。

この「分からない」というのがなんとも恐ろしいのだ。

恋人や女房と喧嘩《けんか》して、ヒステリックにわめきたてられるのは、あまりありがたくはないが、さりとて、じっと黙りこくって、恨《うら》めしい目で見つめられているというのも、相当に堪《こた》えるものである。怖さという点では、こっちのほうが数段、怖い。

幽霊と女性に共通する怖さは、いわば沈黙の怖さだと言ってもいいだろう。何か言ってくれれば、それなりに対応のしようもあるが、しんねりむっつりと黙っていられたのでは、それもできない。

幸か不幸か、浅見にはいまのところ女性にそういう仕打ちを受けた経験はないが、幽霊の恐怖には、こうして時折、直面する。

――黙っていないで、何か言ってよ。

浅見は必死に叫ぼうと思うのだが、声は喉《のど》の奥に詰まったように、唇から先には出てこない。いつもはこのままの状態で、忽然《こつぜん》と幽霊の姿がかき消え、悪夢は文字どおり一場の夢と終わる――はずであった。

ところが、その無言であるはずの幽霊が口をきいたのである。

「坊っちゃま」

幽霊はそう言った。それも幽霊らしいしおらしさや恨めしさなど、これっぽっちもない、どちらかといえばがさつな声音だ。

「坊っちゃま」

また呼んだ。浅見は重くのしかかっている掛け布団を、必死の想《おも》いではねのけ、その勢いで「なんだ？」と怒鳴った。

とたんに呪縛《じゅばく》は解けた。幽霊の姿はかき消え、薄暗い室内の風景が見えてきた。

「坊っちゃま」

幽霊の声だけが聞こえる。腹が立つほど騒々しく、ただ若いというだけで、まったく色気に欠ける女の声である。

「まったく、寝坊なんだから……」

ブツブツ言うつぶやきも聞こえた。

「なんだ、須美《すみ》ちゃんか」

「あら、起きてるんですか？」

ドアの向こうの声はお手伝いの須美子であった。

「さっきから呼んでるのに、起きてるんなら返事ぐらいしてくださいよ」

「いま起きたばかりだよ。昨夜、徹夜して、もうしばらく眠りたいんだから、寝かせておいてくれよ」

「それは構いませんけど、雑誌社の人が原稿を取りにみえてるんですよ」

（あ、そうか——）

浅見は慌《あわ》てた。その編集者に渡す原稿のために、徹夜でワープロを叩《たた》いたのだ。時計を見ると、確かに約束の九時半を過ぎていた。

「いま行くから、応接室で待っていてくれるように言って」

「はい、分かりました。それで、お茶はどうしますか？」

「適当に出しておいてよ」

「適当って言われても困るんですよね。ランクはコーヒーですか、紅茶ですか、日本茶ですか、出がらしですか？」

「何でもいいよ……それじゃ紅茶だ、紅茶にしてくれ」

浅見はパジャマを脱ぎながら怒鳴った。まったく須美子ときたひには、浅見家の次男坊に対して、尊敬のかけらもない。母親の雪江《ゆきえ》未亡人と同様、浅見のことを箸《はし》にも棒にもかからない、どうしようもない居候《いそうろう》だぐらいにしか思っていないらしい。

客は経済情報誌の編集者で、徹夜仕事の成果は例によって財界人の提灯持《ちょうちんも》ちインタビュー記事である。出来のほうは保証のかぎりではないけれど、ともかく枚数だけ

は注文どおり三十枚ピッタリの原稿を渡すと、編集者は相好《そうごう》を崩した。中身をろくすっぽ見もしないで、

「さすがワープロですね、とにもかくにも早い」

褒《ほ》めたのかけなしたのか分からないようなことを言った。ワープロだからって、ワープロが勝手に原稿を書いたわけではないのだ。すべてはこの僕の指が叩き出したものだ――と、浅見は大いに不満だ。

編集者を玄関まで送っていって、なんとなくぼんやり突っ立っていると、客が来たらしく、チャイムが鳴った。

「はーい」とすっとんきょうな声とともに、須美子が出てきた。

「なんだ、坊っちゃまいたんですか？　いたなら出てくれればいいのに」

「須美ちゃん、その坊っちゃまというのはやめてくれって言ってるだろ」

「はいはい、分かりました」

分かりましたと言う割に、一向に直そうとしない。須美子が玄関のドアを開けると、宅配便の若い男が、抱えきれないほどの荷物を持って立っていた。

「浅見陽一郎《よういちろう》さんにお届け物です」

「あら、お中元ね」

須美子ははしゃいだ声を出した。

（やれやれ──）

浅見はうんざりした。

毎年、盆と暮は浅見光彦にとって、もっとも憂鬱《ゆううつ》なシーズンである。愚弟賢兄の悲哀をいやというほど思い知らされる。

浅見の兄・陽一郎はいまをときめく、警察庁刑事局長。断っても断っても、ひっきりなしにお届け物が到来する。それにひきかえ愚弟の浅見には、いまだかつてそれに類する品が届いたためしがない。もっとも、貰《もら》う理由のない到来の品々のほとんどは、すぐに母親が送り返してしまうから、浅見家にとっては迷惑至極でしかないのだが……。

「はんこ、はんこ……」

須美子は嬉々《きき》として印鑑を取りに行った。彼女としては、自分の崇拝する刑事局長様に大量のお届け物が到来することは、わがことのように誇りなのである。そのとばっちりを受けて、悲哀を味わっている愚弟の存在など、まるで眼中にない。

配達の青年は須美子の手から印鑑を受け取ると、四個の荷物を床に並べ、伝票に受領印を捺《お》した。

「あ、この一個は浅見光彦さん宛《あて》ですが、はんこは同じで結構です」

四個のうちの最も大きいダンボール箱を指差して言った。

「へえーっ、僕にもお中元か」

浅見は思わず顔がほころんだ。ねむけも吹き飛んだ想いがする。

「あら、坊っちゃまにもですか？」

須美子がつまらなそうに言うのを尻目に浅見は自分宛の荷物を抱えた。

「うん、重い重い、こりゃあ重いぞ」

ズシリと持ち重りがするのもご機嫌であった。それに較《くら》べると、兄宛の包みはどれも軽薄にして短小に見える。浅見は内心「勝った」と思った。

それにしても、いったいどこの誰からの贈り物だろう——。

ダンボール箱に貼《は》ってある伝票の差し出し人名は「文瀬夏子《ふみせなつこ》」とある。知らない名前だった。女性名というのも意外だ。住所は——大田区《おおた》田園調布《でんえんちょうふ》——高級邸宅街である。その辺りに知り合いはむろん、ない。

一瞬、夢ではないかと思った。でなければ届け先を間違えたのではないか——。伝票を確かめたが、宛名はちゃんと「浅見光彦様」になっている。

浅見は荷物を抱えて部屋に運んだ。なんだか薄気味悪いが、とにかくひろげてみるしかない。ダンボール箱をバラすと、中はデパートの包装紙をいくつか貼り合わせたような包み紙でくるんであった。

そうして、やがて全貌《ぜんぼう》を現したものを眺めて、浅見は茫然《ぼうぜん》とした。

なんと、配達された品物は鏡台だったのである。それもごく可愛《かわい》らしい、いわゆる姫鏡台といっていいようなものだ。鏡の部分とそれを支える左右の支柱、支柱を立てる枠のような部分、そしてそれらを載《の》せる、小引出しのある台の部分とに分解されてあるけれど、これはまぎれもなく鏡台だ。

（なんだい、これは？――）

浅見はしばらく眺めてから、ともかく組み立てにかかった。近頃は「ＤＩＹ」だとか「ホビー家具」だとかが流行《はや》りで、浅見の部屋にある本棚やワークデッキなどもすべてそれだ。鏡台の枠の、台座と接触して隠れる部分に小さく「わくをした」とサインペンで注意書きがしてあるけれど、そんなものがなくても、組み立ては簡単だった。

完成した鏡台を床に置いて眺める。白いエナメルを塗った、女の子ならさぞかし喜びそうな鏡台だが、浅見などは見ているだけで、背筋が擽《くすぐ》ったくなってくる。組み立て式といっても、そう安い物ではなさそうだ。全体に細かな彫刻が施《ほどこ》されているし、塗りも決して粗末な感じではない。ただし、どうも新品でないらしいのが気になった。

組み立てを終えた鏡台の鏡の中に、自分の間抜け面《づら》を見て、浅見は苦笑した。

もう一度、差し出し人の名前を見た。

——文瀬夏子——

やはり記憶にない。これで、もしも浅見に妻でもいて、この得体の知れない贈り物を見たら、とてもただでは収まるまい。

だから独身にかぎる——とは、しかし浅見は思ったりはしない。浅見が三十三歳の現在まで独身を続けているのは、独身貴族を楽しんでいるわけではなく、単に甲斐《かい》性《しょう》と勇気がないことの結果でしかないのだ。過去にいくどか結婚相手に相応《ふさわ》しい女性が接近し、かなりいいところまでいくのだが、最後の肝心《かんじん》なことを言い出しかねているまに、いとも爽《さわ》やかに去っていってしまう。

（さて、どうしたものか——）

浅見は鏡の中の自分に問いかけてみた。このまま黙って貰っておくにしても、こんなところに置いておくわけにはいかない。お手伝いの須美子が部屋に掃除に入って、この鏡台を見たら引きつけを起こしそうだ。そうでなければ、一家中の物笑いのたねにされかねない。

とにかく何かの間違いであることはたしかだ。こんないわれのない物を受け取るわけにはいかない。

浅見はしだいに腹が立ってきた。きっと誰かがあとで笑い者にしようと企《たくら》んだいたずらにちがいない。テレビのどっきりカメラとかいう、あのたぐいかもしれない。

それにしても、この名前と田園調布の住所というのは、まったくの架空のものなのだろうか？

浅見はばかばかしいと思いながらも、一応、電話番号帳を調べてみた。驚いたことに、「文瀬」姓はその住所と一緒に、ちゃんと掲載されていた。ただし「夏子」ではなく、「文瀬聖一《せいいち》」となっている。それが文瀬家の当主ということなのだろう。とすると「夏子」は聖一の妻か、それとも娘か？——。どっちにしても人騒がせもいいところだ。

浅見は散らかったダンボールを片づけにかかって、ふと妙なものに気がついた。ダンボール箱の蓋《ふた》の部分に、いったん書いた宛先《あてさき》をボールペンで乱暴に消したような痕《あと》があるのだ。ほとんどの部分がその上に伝票を貼《は》ったために隠されて、気づくのが遅れた。

いつもなら、そういうものを見逃すはずのない浅見だが、女名前の「贈り物」に有頂天になって、つい目が眩《くら》んだのかもしれない。

ボールペンの細いラインで消しても、下の文字を完全につぶすことにはならなかったから、判読するのに大して苦労はなかった。

（北区上中里《かみなかざと》三丁目××番地　浅野静香《あさのしずか》様）

（浅野——）

浅見は「あっ」と声に出した。

（浅野夏子か——）

文瀬夏子では分からなかったが、浅野夏子なら知っている。夏子は浅見の初恋の相手であった。

もっとも、「初恋」といっても小学校五年の頃の話で、淡い——というのも気がひけるほど、稚《おさな》い思い出でしかない。

しかしあれはたしかに僕の初恋だったにちがいない——と浅見は思う。浅見が学級委員で夏子は書記を務めていた。浅見と浅野というのが似た苗字《みょうじ》なので、ともだちが「夫婦みたいだ」と冷やかした。そんなことがあって、二人は年齢以上に、おたがいを意識しあったのかもしれない。夏子は美少女だったし、子供の頃の浅見は、これでけっこう可愛《かわい》らしかったのである。

だからどうなった——という記憶は、少なくとも浅見にはない。中学に進学する時、夏子は私立の学園に入ったと思う。それきり会うこともなかった。夏子の住所・北区上中里は浅見の北区西ケ原《にしがはら》とそう遠くない。上中里は国電の駅もある。平塚《ひらつか》神社という源《みなもとのよしいえ》義家を祀《まつ》った神社があって、そこの茶店で作る団子が浅見の母親の好物だ。仕事の帰りに、浅見はよく団子を買って母親への土産《みやげ》にする。

しかし、浅見夏子にはついぞ会うことがなかった。同じ町内に住んでいてさえ、めったに会わないのが東京という大都会の宿命みたいなものだ。それに、私立のお嬢さん学校へ進んだ少女と、公立高校から私大へと雑草のごとく這《は》い上がった浅見とでは、住む世界が違った。

その浅野夏子が自分を憶《おぼ》えていてくれたことが、浅見にはショックといっていいほど、感動的であった。

そのことはいい。だが、いったいこれはどういうことなのか？——。

浅見はあらためて鏡台を眺めた。浅野夏子——いや、いまは人妻である文瀬夏子が、どういう意図でもってこの鏡台を送って寄越《よこ》したのか、さすがの浅見にも推理のしようがなかった。

（どうすればいいんだ？——）

何度めかの自問を繰り返した。電話をかけて訊《き》いてみるのがいちばん簡単なようだが、そうしてはいけないような気がする。そういう単純なことで片づくことなら、夏子のほうからすでに電話をしてきているはずだ。それをしない——あるいはそれができないなんらかの理由が、夏子にはあるのかもしれないのだ。そうでもなければ、いきなり鏡台を送って寄越す突飛《とっぴ》さが説明できない。

鏡の中の浅見が、ぼんやりした眼をこっちに向けていた。

2

「田園調布に家が建つ」というギャグで笑わせる漫才があった。漫才師は泡沫《ほうまつ》のように消えたが、「田園調布に……」の願望はいまも変わらない。瀟洒《しょうしゃ》な洋館や重厚な和風屋敷の並ぶ高級邸宅街である。

浅見が三年ローンで買ったソアラリミテッドも、この街では見劣りがする。

浅見は訪ねあてた住所の前をゆっくり通過して、「文瀬家」を確認した。高いコンクリート塀をめぐらせた白亜の洋館であった。車の通る音を怒るのか、庭で野太い声の犬が鳴きわめいていた。

門はいかめしい鉄格子の、ヨーロッパ映画にでも出てきそうな大きなものだ。門からポーチまでは十メートルぐらいだろうか。地価のばか高い東京のしかも田園調布では、これはたいへんな贅沢《ぜいたく》といっていい。

（負けた——）と浅見は思った。

夏子の浅野家も、そんなに悪い家柄ではないはずだ。例の忠臣蔵の浅野家に繋《つな》がる血筋だとかいう話を聞いたことがある。あの辺りではひときわ目立つ家だった。しかしその浅野家も、文瀬家の宏壮《こうそう》には遠く及ばない。夏子は幸せな結婚をしたのだ——と、浅見は淡い初恋の君のために苦《にが》い祝杯を挙げたい気持ちだった。

文瀬家の門内に人の気配はなかった。運よく買物か何かで歩いている夏子に会えるかと期待を持っていたのだが、こんな大家の若奥様がスーパーに買物に出掛けるとは考えられない。もっとも、会えたところで二十年も見ない顔が識別できるかどうか、疑わしい。

それにしても文瀬聖一という人物はいったいどういう職業なのだろう？　不動産会社の社長か、政治家か、医者か、それともパチンコ屋のチェーンでも持っているのか？

浅見はいろいろと金儲《かねもう》けと脱税のうまい連中を想定した。そうでもなければ「田園調布に家が建つ」ことなど、あり得ないのだ——と信じている。

少し先の酒屋で、いちばん安いウィスキーを買った。

「あそこの文瀬さんというお宅、ずいぶん立派なお邸《やしき》ですねえ」

酒屋のおばさんに金を払いながら、ついでのように装《よそお》って言った。

「いったい何のご商売をなさっているのですかねえ？」

「ああ、文瀬さんはお医者さんですよ」

「やっぱり……」

思ったとおりだった。

「近頃は大金持ちというと医者かパチンコ屋に決まっているって、ほんとですね」

「いいえ、文瀬さんのとこは、先々代さまから精神科のお医者さまですからね、近頃のにわか成金とは違いますよ」

この街に来て、地元の悪口は言ってもらいたくない――とでも言いたげだ。

「そうですか、文瀬さんはいいお医者さんなのですね？」

「そうですとも。大先生も立派な先生だけど、若先生も東大出で、ハンサムで、きちんとした方ですしねえ」

（負けた――）

浅見はまたしても思った。どうも「東大出」と聞くと兄の顔を思い浮かべて、意気消沈してしまう。

しかし、そのままずごすごと引き上げるのも悔《くや》しいので、鏡台を扱《あつか》った宅配便の代理店を当たってみることにした。田園調布の駅にほど近いところにある、煙草《たばこ》屋兼業の店だった。

「はい、このお荷物なら、たしかにこちらで扱わせていただきました」

カウンターの女性は浅見が持参した伝票を見て、すぐに分かった。

「あの、何か……、ガラスが割れたとか、そういう事故でもあったのでしょうか？」

心配そうに言った。

「いや、そうじゃないのですけどね、宛先が、最初に書いたのと違っていたので、どういうわけかなと思ったものだから」

「あら？　違っていました？」

「うん、伝票の宛名は僕のところだったのだけど、最初、ダンボール箱に書いた宛名が消してあったんですよ」

「ああ……」

女性は思い出して、大きく頷《うなず》いた。

「そういえば、そういうお客さんがいましたっけ。こちらで伝票をお書きになる時、宛先を変えるからっておっしゃって……」

「やはりそうでしたか。で、そのお客さんて、女の人でしょう？」

「ええ、ここに書いてあるお名前の方だと思いますけど」

「この人、一人で来たのですか？」

「いいえ、男の方の運転する車でおみえになりました。この辺は駐車禁止ですから、男の方は車の中にいらっしゃって、お店の中にはお一人で入られましたけど」

「ふーん……」

浅見はその時の情景を想像した。

「車はお店の真ん前に停《と》まっていたんじゃないですか？」

「ええ、そうです。そこのところです。ベンツか何か、大きな外車でした」

女性は大きなガラス戸の向こうを指差した。

「その女のお客さん、宛名を書き替える時、ずいぶん急いでいませんでしたか？」

「ええと、どうだったかしら？　そういえばそうですねえ。ボールペンでカシャカシャって消して、それから急いで伝票を書いて……。よほどお急ぎだったのかしら。お金を払うと伝票の受け取りも持たないで帰ってしまわれましたから」

「そのあいだ、車の男の人はどうしていたのですか？」

「どうって……、ずっと車にいましたけど」

「ずっとこっちを見ていたのじゃありませんか？」

「そうそう、そうなんです、なんだか心配そうにこっちを見て、ときどき覗《のぞ》き込むようにしたりして。ずいぶん愛妻家だなあって、あとでキミちゃんと笑ったんです」

ねえ——と隣の席の女性に同意を求めた。「キミちゃん」は不得要領な笑顔で頷いてみせた。

浅見にはようやく状況が飲み込めてきた。夏子はその男の目をかすめるようにして、あの鏡台を送ったのだ。宅配便の店に着くまでは上中里の実家へ送るということにしておいて、急遽《きゅうきょ》、宛先を実家から「浅見光彦」に変えたのは、理由はともかく、苦肉の策だったにちがいない。

なぜそんなふうにしてまで、宛先を変えなければならなかったのだろう？——。

なぜその宛先が「浅見光彦」でなければならなかったのだろう？——。

この二つの「なぜ？」が目の前にぶら下がっている。

浅見は帰りがけにもういちど文瀬家の前を通った。いかめしい鉄格子の門がこっちの憶測をも拒否するように聳《そび》えている。ポーチの軒下に監視用のテレビカメラが設置されているのが見えた。

そのまま通過して帰路についたが、浅見は何か忘れ物をしたような気分だった。いま見たばかりの鉄の門扉《もんぴ》がいやに気になった。あれは外側から見ると、他人を寄せつけない冷酷な感じがするけれど、逆に内側から見るとどうなのだろう？　浅見の感覚からすると、たとえ内部の人間が見ても、その冷たさに変わりはないような気がする。ああいう門塀に囲まれている人間は、浅見はどうにも好意的になれそうにない。第一、自ら囚《とら》われびとのような環境にいるようなものではないか——。

（囚われびと、か——）

浅見はふと夏子の置かれている状況を思いやった。夏子がどのような経緯で文瀬家に嫁《とつ》いだかは知らない。愛し愛された上での結婚なのだと思いたい。しかし、ああいう「囚われびと」の邸《やしき》に住んで、あの夏子が幸福でいるとは思えなかった。

浅見は小学校の五年から六年にかけての、夏子との淡い交情の日々を想った。メジロの番《つがい》をもらったのを、夏子に籠《かご》ごと上げたことがある。籠は浅見が竹を削って作った。夏子は喜んで、小鳥の飼い方という本を買って、熱心に世話をしたらしい。

急に夏子が冷たくなったのは、それから一週間後のことである。浅見が話しかけても、素《そ》っ気《け》なく答えて、なるべく顔を合わせないように振舞う。そのことに対して、浅見少年がどんなふうに感じたか、どうしても思い出せない。ただ、その数日間、浅見の日記帳は空白になっている。

突然、夏子が浅見の家に訪ねてきた。夕方だった。門から離れたところに、夏子はうなだれて立っていた。浅見は「何だよ」と冷たく言おうとして、夏子が泣いているのに気がついた。「死んじゃったの」と夏子はか細い声で言った。

「メジロ、死んじゃった。ごめんなさい」

言うと、身を翻《ひるがえ》して走って行った。

役所の車で帰宅した父親が、妙な顔をして、「どうしたんだ、女の子を泣かして」と言った。

「分かりません……変なヤツ……」

浅見は父のカバンを受け取ると、父の後について家に入った。父の背中を見ながら、メジロを死なせたことで、夏子がこの数日間、死にたいほど悩みつづけていただろうことを思いやっていた。

夏子の思い出といえば、その出来事が強烈なせいか、ほかのことはあまり鮮明には浮かび上がってこない。

小学校六年の時には、編成替えで別のクラスになったこともあって、夏子の記憶は急速に薄れる。中学から先は、夏子は私立の名門女子学院に進んだはずだし、浅見は区立の中学に入った。

小学校の同窓会も何度かあったらしいが、浅見は一度しか出席したことがない。なぜかというと、それ以後の浅見の「人生」があまりパッとしないためである。かつてのようなクラス委員はおろか、中学以降、学業成績も転落の一途を辿《たど》った。語学以外の教科はさんたんたるありさまだったのだ。

トドのつまりは三流有名大学を卒業したものの、今度は就職がままならない。兄のヒキでやっとこ収まった商事会社も、一年ともたずに退職。以来、転々と勤めを変えてみたけれど、どこも続かない。

長い曲折を経て、結局、浅見は自分が宮仕《みやづか》えのできない性格であることに気がついて、フリーのルポライターへの道を選ぶにいたったというわけである。

ルポライターそのものも性に合っていたが、この仕事をやっていれば、しぜんと事件や犯罪に遭遇するチャンスが多い。そうこうするうちに、いつのまにか、浅見は自分でも知らなかった推理能力の持ち主であることに気がついた。

げんに、警察の犯罪捜査が行き詰まっているような時、浅見はしばしば事件解決のヒントを与え、直接、犯人逮捕の場を作ったりもしている。母親の雪江未亡人は、兄陽一郎の足を引っ張る行為として、苦々しく思っているけれど、警察内部や一部マスコミも、いまでは浅見のことを「名探偵」として評価するほどになっていた。

新聞や雑誌に浅見の活躍を伝える記事が出たりして、昔の友人から便りを貰うこともある。「今度はぜひ同窓会に出席してくれ」という誘いもくる。しかし、浅見の引っ込み思案は直らない。だから、昔の友人たちが現在どうしているのかなど、ほとんど知る機会がないのだ。

あの浅野夏子が、いったいどういう生活をしているのか、もちろん知るよしもなかったし、思い出すこともなかった。

だが、いちど脳裏に蘇《よみがえ》ると、夏子は浅見にとって忘れ得ぬひとの一人であることにはちがいなかった。

夏子は男と女の違いはあるにせよ、自分とよく似た性格のひとだったと、浅見は思う。メジロのことに象徴されるように、自分の想いを内向させて、独《ひと》り悶々《もんもん》と悩むたちだ。

その夏子が、何の前触れもなく、白い鏡台を送って寄越した。

いったい、これはどう解釈すればいいことなのだろう？

3

奇妙な白い鏡台はその日のうちに戸棚に仕舞った。人目につかないように――という配慮からだが、自分の目で見るのも憂鬱《ゆううつ》な気がした。仕事が詰まっているので、得体の知れない鏡台などにかかずらっているわけにはいかないのだが、どうかして戸棚を開け、目の前にいきなり自分の顔が映っているのを見ると、肝《きも》がつぶれるほどドキッとする。

鏡を見るたびに、浅見は何か重大なことを見落としているような、ある種の後ろめたさを感じた。当然気がついていなければいけないことを看過《みす》ごしているという、自分の怠慢と言おうか鈍感と言おうか、とにかくそうしたものへの苛立《いらだ》ちでもあった。

鏡台以来、浅見は平静でいられなくなっていた。こんな不可解な、理不尽な贈り物を送りつけられたというのに、何のリアクションもできないまま時間が経過してゆくことに、日ごといらいらがつのった。

（何かを見落としている――）

潜在意識の底でしだいに領域を広げつつあるその思い込みは、もはや強迫観念に近く浅見の心に揺さぶりをかけてくる。

たしかに浅見は何かを見たのだ。その見たことに対して、その時は気付かなかったけれど、記憶の触覚はちゃんと「何か」をキャッチしていたというわけだ。そういう体験は浅見には過去、何度となくあった。しかし、これほどまで記憶の再生に苦労したことは、いまだかつてない。よほど条件の悪い状況で記憶されたか、あるいは、浅見の人並みはずれた直感や推理力が減退したということなのかもしれない。

とはいっても、文瀬夏子に関して浅見が見たことといえば、送られてきた鏡台と、田園調布の邸《やしき》だけである。その中に記憶再生の端緒《たんしょ》があるというのだろうか？

鏡台をいくら眺めても、見えるのは自分の浮かない顔ばかりである。

浅見は考えあぐねて、ふたたび田園調布へ出掛けてみることにした。あのいけ好かない建物や鉄格子の門でも見れば、何かいい知恵が浮かぶかもしれない。

あれからすでに十日が経《た》っている。梅雨は西日本に大雨を降らせたが、関東地方はシトシト雨程度で、もうすぐ梅雨明けの気配になっていた。

閑静なはずの街がなんとなくざわついている。文瀬家の前の道路は、違法駐車の車がズラッと並んで通りにくい。鉄格子の門は大きく開かれ、出入りする人で賑《にぎ》わっていた。

ただし、人々は黒い衣装に身を包み、ただでさえ湿っぽい梅雨空の下を、屈託しきった顔で行き来する。

門からポーチまでのあいだには、左右に大きな花輪が飾られ、黒と白のだんだらの幕が建物の壁や植え込みを隠している。

（葬式――、誰の？――）

浅見は胸騒ぎに襲われた。車を停めて、通りがかりの喪服の女性に訊いた。

「あの、文瀬さんのお宅、お葬式のようですが、どなたが亡くなられたのでしょうか？」

「若奥様ですよ、夏子さんとおっしゃる。まだお若いし、お美しい方なのにねえ……」

ガーンと、たしかに浅見の頭の中で衝撃の音がした。相手の女性に礼を言うことすら忘れた。

（夏子が、死んだ――）

浅見の脳裏には、あの夕方の、メジロの死を告げにきた少女の泣き顔が浮かんだ。

それ以外の夏子の顔を思い出そうとしても、どうしても思い浮かばなかった。

いつかの酒屋の前で車を降りた。酒屋のおばさんは浅見を憶えていないらしかった。

「文瀬さんの若奥さんが亡くなられたそうですねえ」

浅見は努めて平静を装って言った。

「まだお若いのに、お気の毒ですねえ。何で亡くなったのですか?」

おばさんは冷たく反応した。背を向けると、怖い口調で「知りませんよ」とニベもなく言った。それでかえって、浅見はおばさんが真相を知っていることを確信した。知っていて喋《しゃべ》らないとなると、訊きに行く場所は決まっている。

浅見は車を所轄の東調布署へ向けた。以前、戸塚《とつか》署にいた橋本《はしもと》警部が、ここの刑事課長になっているはずであった。橋本が担当した事件があわや迷宮入りかという時、浅見の助言で解決したという貸しがある。

「やあ、しばらくですなあ」

橋本は少なくともうわべだけは、この刑事局長の弟を歓迎してみせた。

「××丁目の文瀬さんという家で葬儀があるようですが」

浅見が言うと、「へえー、さすがですね」と煽《おだ》てるようなことを言った。

「勘がいいというか、鼻がきくというか、やはり名探偵の素質があるのですなあ。あの文瀬さんの奥さんね。事故死ですよ、事故死」

橋本は無感動な口調で言った。

「事故死？……」

「ええ、一応、司法解剖に回しましたがね。強度のノイローゼだったそうで、トランキライザーの飲み過ぎですな。もっとも、直接の死因は吐瀉物《としゃ》による窒息死《ちっそく》か、心臓麻痺《まひ》か、あるいはその両方か、微妙なところらしいです。しかし私に言わせれば、ここだけの話ですが、あれはもしかすると自殺だったのかもしれませんな」

「自殺？……」

「いや、だからここだけの話ですよ。浅見さんは無茶なことはしないと分かっているから言うんです。マスコミの連中には内緒にしといてくださいよ」

「もちろん言いません。しかし、自殺だったかもしれないというのはほんとうのことですか？」

「はっきりそうだとは言えませんがね。ほら、女流作家が薬の飲み過ぎで死んだ事件があったでしょう。あれとほとんど似たようなケースなのです。まあ、遺書もないし、本人に死ぬ気があったことを証明できないから、事故死ということにしたが、いちどにあれだけ大量の薬を飲むというのは、ふつうじゃないですからな」

「家族はどう言っているのですか？　自殺の可能性については」

「むろん否定していますよ。最初は事故死だということも認めたがらなかったくらいですからね」

「なぜですか？　薬物が原因であることは、はっきりしていたのでしょう？」

「そうなんですがね、心臓衰弱が原因だと主張して、ずいぶんてこずりました。なにしろ向こうは医者ですからね、始末が悪い。奥さんの死よりも家名のほうが大事ということでしょうかねえ」

浅見は怒りが湧いてきた。

「他殺の可能性はなかったのですか？」

「他殺？……」

橋本は目を剝《む》いて、慌てて周囲を見回した。

「脅《おど》かさないでくださいよ」

「脅かしているわけではありません。ただ、そういう観点でお調べになったかどうか、お訊きしただけです」

「そりゃねえ、とにかく変死事件ですからして、警察としては所定の手続きに準じた作業をすすめるわけで、その段階で不審点がないという結論に達したのですからして……」

気のせいか、浅見にはなんだか橋本警部の口調に歯切れの悪いものを感じてしまう。

橋本の説明によると、その朝、文瀬夏子の「異常」に最初に気付いたのはお手伝いの佐野和恵《さのかずえ》だったそうだ。ふだんは遅くとも七時には起きて、家事を始める「若奥様」が、七時十分を過ぎても寝室から出てこない。どうしたのかしら？――と不審に思っているところに、若先生の聖一から電話があった。

「ちょっと待ってください？」

と浅見は質問を挟んだ。

「その日の朝、文瀬聖一さんは外にいたのですか？」

「ああ、病院に泊まりだったそうですよ。それで、奥さんの様子を聞くために電話したのだそうです。奥さんはだいぶ以前からノイローゼ症状が出ていて、きわめて情緒不安定な状態だったらしい。はっきりは言わないのだが、異常な行動に走る危険性がしばしばあったようですな。だから、外出もめったにさせなかったし、どこかへ出るという際には、必ず誰かが付き添って出た。それも、ごく近いところ程度で、デパートとか人ごみには出さなかったそうです」

「つまり、彼女は絶えず監視されていたということですね」

「まあ、そういうことになりますかねえ」

「ノイローゼの原因は何だったのですか？」

「はっきりしたことは分からないのですがね、早い話、子供が出来ないことを苦にしたのじゃないか――というのが、家族の人たちの見方でした」

橋本は言って、話を続けた。

和恵が「まだ奥様はお寝《やす》みです」と言うので、聖一は寝室のほうの電話にかけたが、夏子は出ない。（おかしいな――）と思って和恵に様子を見に行かせた。和恵は母屋《おもや》とは廊下で繋《つな》がっている離れに行き、寝室の外から声をかけたが応答がない。（変だわ――）と思って電話口にとって返して聖一にそのことを告げた。

聖一はすぐに病院から駆けつけ、寝室の鍵《かぎ》を開けてベッドの上で絶息している夏子を発見した。枕元《まくらもと》の精神安定剤のビンが空になっている。急いで強心剤を打ち、胃を洗浄したがついに回復しなかった。

「救急車が来た時には、すでに体温も低下して、完全に死亡していました。それでそのまま収容せずに引き上げたのだそうです」

「胃洗浄をやってしまったのでは、解剖しても薬の量がどれくらいだったのか、判断できなかったのではないですか？」

「まあそうですが、しかし、あの場合、医師としては当然の処置でしょう。それに現に致死量だったことはまちがいないのです。とはいっても、ご主人としては奥さんにビンごと薬を与えていたことは自分のミスだったと、しきりに悔やんではいましたがね。最初は少しずつ渡していたのだが、奥さんが私だって医者の妻だから、薬の量を間違えるなんてことはないと言ったのだそうです」

「そんな薬に頼らなくてはならないほどだったのですか?」

「そのようですな、かなりひどい不眠症だったらしい。原因はさっきも言ったように、子供が出来ないことだったというのだが、しかし、われわれが近所で聞き込んだ印象では、どうもそればかりじゃなくて、ほんとうの原因は家風に合わないことのほうを苦にしていたフシがありますな」

「家風に合わない?……」

「ああいう格式の高い家は何かと大変なんじゃないですか? 嫁に来た頃は、気軽に一人で近所に買物に出て、立ち話なんかもしたりして、明るい若奥様という評判があったそうですが、大奥さん――つまりお姑《しゅうとめ》さんに叱《しか》られたらしいのですな。プッツリ外出しなくなって、たまに出る時はご亭主かお姑さんと一緒というような具合で、あれじゃ息が詰まるだろうと、そういう噂《うわさ》ばかりでしたな」

「それじゃ、まるで精神的に追い詰められて死んだのと同じじゃないですか。殺されたといってもいいくらいです」

「そんな過激な……。冗談にでもそんな物騒なことは言わないでくださいよ。仮にもここは警察なのですからな。本官の立場というものも考えてもらわないと困りますよ」

「しかし、冗談ではなく、殺人事件の可能性はないのですか？」

「あんたねえ……」

橋本警部はとうとう、うんざりしたように両手を広げた。

「浅見さんみたいな素人さんは、そういうほうが面白くていいかもしれないが、警察はプロですぞ」

「プロでも間違いはあるでしょう。医者だって誤診というのがあるのですから」

「浅見さん、言葉が過ぎませんか？」

さすがに橋本も気色《けしき》ばんだ。

「いくら局長さんの弟さんだからといって、言っていいことと悪いことはあるでしょう」

「すみません、つい夢中になってしまったものですから……」

浅見は頭を下げた。頭は下げたが、疑いがすべて解消したというわけではなかった。だいたい、警察のやることはすべて間違いがないと思えというのが、どだい無理な話だ。それどころか、捜査ミスや冤罪《えんざい》事件があとを絶たないのは、われわれのよく知るところである。

それに、警察官といえどもサラリーマンであり、労働者であることは、一般人と基本的に変わらない。時間外労働などは、なるべくなら願い下げにしたいというのが本音だろう。自殺か他殺か断定が難しいような場合には、心情的に自殺のセンを推《お》したくなる。いや、冗談でなく、そういうことが現実に起こる可能性は少なくないのだ。

4

浅見光彦としてはこんなに冷静を欠くことはめったにあるものではない。憤懣《ふんまん》と疑惑といらだちで、東調布署を出る時には、浅見はほとんど錯乱状態といっていいほどだった。

浅見がようやく平常心を取り戻したのは、自宅に戻り着いてしばらく経《た》ってからだ。

浅見は戸棚の鏡台を取り出した。夏子の急死と、この鏡台を送って寄越したことの唐突さとが、ぜんぜん無関係とは考えられない。少なくとも、鏡台を宅配便で発送した時点では、夏子は健康体であり、精神状態もある程度はしっかりしていたはずだ。

その後に急激な錯乱がきたということなのだろうか？

浅見は鏡の面に映る自分の顔を睨《にら》んだ。ここに夏子の顔が映っていた日々があって、それはもはや永遠に戻ることはないのだ——と思った。鏡は女の魂《たましい》を宿《やど》すというけれど、もしそうであるなら、この鏡に夏子が託した想いを告げてもらいたい。

そうなのだ、夏子はたしかに鏡台を送ることで、何かを浅見に告げようとしたにちがいないのだ。それは分かり過ぎるほど分かっている。だのに何も伝わってこないというもどかしさ——。

それはともかくとして、この鏡台をどうすればいいのかが当面の問題として残っていた。夏子の遺品として、浅野家に届けるべきなのだろうか。このままここに置いておくわけにもいかないし、さりとて粗大ゴミとして処分するのはしのびない。

結局、ここに送られてきた時のように、宅配便で夏子の実家に返すしかなさそうだ。

浅見はドライバーを持ってくると、物憂《ものう》い仕種《しぐさ》で鏡台の分解にかかった。鏡面を外し、左右の支柱を外し、支柱を取りつけてあった枠を台座から外す。

枠の下面に残るサインペンの文字が、夏子の遺書のように、浅見の目に映った。

——わくをした——

妙な注意書きだ——と浅見は思った。「枠を下」という意味なのだろうけれど、なぜわざわざ平仮名《ひらがな》で書いたのだろう？　それに、同じ書くとしても「わくをしたに」と分かりやすく書きそうなものではないか。なぜそうしなかったのか。

浅見はふいに寒気に襲われた。

「ばかな！……」

自分自身を罵《ののし》った。どうして気付かなかったのだろう——。この稚拙《ちせつ》な文字を、あの賢明な夏子がただ意味もなく書くはずがないではないか。

浅見は紙をとって、五十音を横一列に「あいうえお……まみむめもや」まで書き、その下にアルファベットを「ＡＢＣ……ＸＹＺ」、そのあとに「１２３……８９０」を並べて書いた。それは小学校時代、夏子とのあいだだけに通じあう暗号遊びのルールだった。

「あ」は「Ａ」、「い」は「Ｂ」にそれぞれ相当する。「Ｉ」は「け」、「ＹＯＵ」は「のそな」、「ＬＯＶＥ」は「しそにお」である。「Ｉ　ＬＯＶＥ　ＹＯＵ」はしたがって、「けしそにおのそな」だが、単語と単語の間には「ゆ」以降の使わない文字を適宜《てきぎ》入れればよい。たとえば「けわしそにおろのそな」といった具合だ。

この方法で「わくをした」を解読すると、「×ＨＥＬＰ」となる。頭に「わ」を入れたのは単に「くをした」では意味がなく、怪しまれることを警戒したのだろう。

「お」とすべきところを「を」としたのも「枠を下」の意味を持たせるための配慮だ。

――ＨＥＬＰ――

夏子は助けを求めてきたのだ。

浅見は茫然《ぼうぜん》とした。

どのような理由をつけて、この鏡台を送ることにしたのかは知らない。しかし、とにかく四六時中、家人の監視下にあった夏子にとって、宅配便を送るというあの瞬間が、わずかに許された千載一遇《せんざいいちぐう》のチャンスだったのだろう。宛名を「浅見光彦」に書き換えた時、夏子の胸はただひたすら、奇蹟《きせき》を願う思いで一杯だったにちがいない。

その願いも空《むな》しく、夏子は死んだ。

夏子の死がたとえ「事故死」や「自殺」であったにもせよ、夏子が死を予感し、浅見に救いを求めるシグナルを送って寄越した事実は消すことができない。

浅見は拱手《きょうしゅ》して、夏子の死を見送ってしまったのだ。

勃然《ぼつぜん》と怒りが湧いてきた。自分に対する怒りと、それ以上に夏子を死に追いやった文瀬家の理不尽への怒りだ。その怒りを鎮《しず》める想いを込めて、浅見は、分解した鏡台をふたたび組み立てた。鏡を見ると、眼をうるませた男の顔が映っていた。

鏡台を大きな風呂敷でくるんで、ソアラの助手席に載せた。走っている時、そこに夏子が坐っているような幻覚に襲われた。

上中里の浅野家に着いたのは夕刻近かった。一方通行の細い通りで、浅見の車の前を走っていたハイヤーが停まって、黒い喪服姿の乗客が三人、降りた。

浅見は車を道路の端に寄せて停め、三人の最後の一人である女性が玄関に入るところを呼び止めた。

「失礼ですが、浅野夏子さんのお姉さんですね？」

わざと夏子の旧姓を呼んだ。

女性は悲しみに満ちた顔を、けげんそうに振り向けた。

「僕、浅見といいます。夏子さんとは小学校時代に一緒でした」

「ああ……」

女性は小さく頷《うなず》いた。

「憶えています。たしか、学級委員をなさっていたのでは？　夏子と仲よしで、メジロをいただいたことがありましたわね」

「はあ……」

浅見は鼻の頭がツンときて、あやうく涙を見せそうになった。

「あの、夏子さんが、お亡くなりになったそうで……」

「はあ……」

女性は玄関の奥を窺《うかが》って、

「ちょっとお寄りください。両親もきっと喜びますから」

「そうさせていただきます。じつは、お届けに上がったものがあるのです」

浅見は車から鏡台を運び出すと、まるで遺骨を抱くようにして玄関を入った。

両親も、ことに母親のほうがかなり鮮明に浅見少年のことを記憶していてくれた。

やはりメジロの一件は夏子と彼女の家族にとっては、忘れがたいエピソードだったのだ。

応接間に案内されて、浅見が包みを解いて鏡台を見せると、母親は泣きくずれた。嫁入り前に母親とデパートに行って、夏子が気に入って選んだのがこの鏡台だったという。その白い鏡台が、八年後に、文字どおり無言の帰宅をした。

「でも、なぜ浅見さんのお宅に？……」

当然の疑問であった。浅見はダンボール箱に最初に書いた「浅野静香様――」という宛名《あてな》が消され、自分宛の伝票が貼られていたことを説明した。

「静香は私ですけど……、でもなぜ夏子はそんなことを？……」

夏子の姉は眉《まゆ》をひそめた。夏子よりは三つか四つ歳上に見えるが、苗字が変わっていないのは未婚ということなのだろうか。それとも婿《むこ》を取ったのだろうか。しかし、そんなことを訊く場合ではなかった。

「鏡台をこちらに送るという、夏子さんからの連絡はあったのでしょうか？」

「いいえ、ございませんわよ。夏子からは一週間に一度ほど、電話連絡はございましたけど、そんなことはついぞ申しておりませんでしたわ」

「え？　電話はなさってたのですか？」

浅見は少し意外な気がした。だとすると、夏子が監視づきだったというのは、当たっていないのかもしれない。

「ええ、割と頻繁《ひんぱん》にございました」

母親が涙を拭《ぬぐ》って答えた。

「どういう……、つまり、話の内容ですが、愚痴とか心配ごととか、そういうことはおっしゃらなかったのでしょうか？」

「いいえ、愚痴は一度も。ただ、とおりいっぺんのことばかりで、元気だから心配するなとか……。へんに他人行儀なことばかりで、やっぱり少し精神状態がおかしかったのかもしれません。もともとは陽気な子でしたから、嫁いだ当座は毎日のごくつまらないことをよく喋ったりしていたのに。先様のお宅がそういう家風なのでしょうか、無駄ばなしは一切しないようになりましたわねえ。なんだか夏子らしくなくて、気にはなっていましたけど。あんなふうになるには、いろいろ気苦労があったようで……。それなのに何もしてあげられなくて……」

母親はしきりに悔やんだ。「何もしてあげられなかった」というのはまさに浅見自身の想いと共通のものであった。

「手紙などはきていましたか？」

浅見は訊いた。

「ええ、手紙は私のところにずいぶんきています」

姉の静香が言った。

「でも、このごろのはやっぱり素っ気ないことばかり書いてあって。それも全部葉書で。それに、文章もずいぶんおかしなところがあったりして。いまにして思うと、それも変調の証拠だったのかもしれませんわね」

「その葉書、まだ保管してありますか？」

「ええ、全部残してあります」

「それを見せていただくわけにはいかないでしょうか？」

「え？　それは……、ええ、構いませんけど。でも、あまり面白いことは書いてありませんのよ。文章も夏子らしくなく、下手くそですし」

「でも、ぜひ拝見させてください」

浅見の異常な熱心さに、静香はようやく何かあるらしいことを察知して、そのとたんに思い出したらしく、叫ぶように言った。

「ああ、それじゃ、あの『浅見さんのおばさまによろしく』って、もしかしたらあなたのお母様のことだったのかしら？」

「は？……」

浅見は何のことか分からず、問い返した。

「いえ、夏子からの葉書に、必ずと言っていいほどそう書いてあるんです。でも浅見さんのおばさまというのに心当たりがなくて……。そうだったのねえ、あなたのお母様のことを言っていたんですわね」

「しかし、夏子さんは僕の母とは会っていないはずですが……」

「あら、そうですの？　じゃあどういうことなのかしら？……」

静香は不思議そうに考え込んでいたが、やがてその想いを断ち切るように、立ち上がった。

「ともかく夏子の手紙をお見せしましょう。ここより私の仕事部屋のほうが落ち着きますから、あちらへどうぞ」

そう言ってから、母親に「お寿司、頼んだら」と小声で言った。

(あっ——)と浅見は時計を見た。無我夢中で飛んできたが、夕飯どきにかかる時間だ。

「お食事していってくださるでしょう?」

静香は機先を制するように言った。

「せっかくいらしたんですもの、昔の思い出ばなしをしてやってください」

「はあ……」

浅見は複雑な想いで頷いた。

5

静香の仕事部屋というのは十二畳の和室であった。柱や襖《ふすま》、床の間の違い棚などは純日本風だが、畳の代わりに硬めのカーペットを敷き、部屋の中央には緑色の毛氈《もうせん》のようなものを敷いてある。その脇《わき》には書道の道具類が揃《そろ》えてあった。

「書道をおやりになるのですか?」

「ええ、まだ修行中ですけれど」

静香は微笑《ほほえ》んで言った。そう謙遜《けんそん》する者にかぎって、すでにかなりの境地に達しているケースが多いものだ。

静香は浅見に座蒲団《ざぶとん》をすすめ、自分はカーペットの上にじかに正座した。

黒漆《くろうるし》に螺鈿《らでん》の象嵌《ぞうがん》を施《ほどこ》した文箱《ふばこ》を開けると、かなりの枚数の書簡が見えた。そのほとんどは葉書である。

「これ、全部夏子からのものですよ。最近のものはみんな葉書ですけど」

どうぞ、と浅見の膝《ひざ》の前に文箱を滑らせて寄越した。

浅見は一礼して文箱の中からごく最近のものだけを数葉、手に取った。

一枚目を見た瞬間、（あっ）と思った。そこに、鏡台に書いてあったのと同じ文字を、それも二個所にわたって書いてあるのを発見したのだ。

葉書の文面は、ありきたりの時候の挨拶《あいさつ》に始まって、差し障《さわ》りのない内容で終わっているように見える。問題のくだりは次のようなものだ。

大切なコートにカビが生えて困わくをしたりしております。これも娘時代にらくをした罰かもしれません。

傍線を引いた部分はいずれも「くをした」である。鏡台の「わくをした」と同じ意味を持つ暗号であることはまちがいない。

夏子はそれをはっきりさせるために、二度も不自然な文字を並べたのだ。「困惑を」と書くべきところを「困わく」と書き、「楽をした」を「らくをした」と、わざわざ仮名を用いている。

——HELP! HELP!——

浅見には夏子の悲鳴が聞こえるような気がした。

「ずいぶん下手くそな文章だとお思いなのでしょう?」

静香は苦笑を浮かべながら、寂しそうに言った。

「この『困わく』と『らく』を平仮名で書いたのには、意味があるのです」

浅見は平板な口調で言った。静香は「は?……」と、妙な顔になった。

「すみません、さっきの鏡台をこちらに運んできてもいいでしょうか?」

「え? ええ、それは構いませんけれど」

「それと、ドライバーを貸してください」

浅見は応接間から鏡台を運んで、分解し、「枠」の部分の下面を静香に見せた。

「ここに『わくをした』と書いてあるでしょう。これと、葉書にあるこの部分とは、まったく同じ文字の配列になっていることに注意してください」

「まあ、ほんとだわ……」

静香は驚いた。

「じゃあ、『枠』『惑』『楽』を平仮名で書いたのには、共通の意味があるということなんですの？」

「そうです」

浅見は昔の「暗号遊び」のことを説明した。そして『くをした』と横書きして、それぞれの文字の下に「ＨＥＬＰ」をあてはめた。

「ＨＥＬＰ……」

驚愕《きょうがく》のあまり、静香は痴呆《ちほう》のように口を開けて、しばらくは動けなくなった。

「夏子は『ＨＥＬＰ』って書いたんですか？　これ、ほんとに？……」

呻《うめ》くように言った。

「そうです。それ以外には考えられません」

浅見はゆっくりと断言した。

「でも、どうして……、何を……。夏子はなぜそんな暗号を……」

静香は混乱して、支離滅裂なことを口走った。

「夏子さんの様子が変わったとおっしゃいましたね？　電話もそれに手紙もとおりいっぺんの内容で、他人行儀なものになったと。しかも最近の手紙はすべて葉書だったのではありませんか？」

「ええ、そのとおりですけど……」

「葉書なら検閲ができますからね」

「検閲？　あら、うちではたとえ妹から来た手紙でも、検閲するような不作法なことはいたしませんわよ」

「いいえ、こちらのお宅ではなく、文瀬さんのお宅のことを言っているのです」

「文瀬さんが？」

「そうです。おそらく、夏子さんがこちらに出す手紙をすべて葉書に限らせたのは、文瀬家の方針だったのでしょう。手紙だけでなく、電話も誰かが監視している状態でかけさせられていたはずです。つまり、ごく差し障りのない通信しか許されなかったということなのです」

「まあ……、そんな、ひどい……」

静香は込み上げる悲しみと怒りで、美しい顔を歪《ゆが》めた。

「でも、なぜそんなひどいことを？……」

「それはこれから調べるしかありません。それで夏子さんの葉書を拝見したいのです。もしかすると、夏子さんが伝えたかったことが、どこかに暗号で隠されているかもしれないと思ったのです」

浅見は言いながら、二枚目の葉書に目を通した。

「でしたら、きっとこれですわ」

静香がはげしい口調で、その葉書の文面の一部を指し示した。

「これ、とても変な文章で、とても気になっていたんです」

それは料理のことについて書いてある、見逃せばべつにどうということもなさそうな内容だった。

……母さんに言われた通り、さけしにしすを料理のコツだと思って……

「この『さけしにしす』なんて、うちの母は一度も教えたことがないって言うんです。お料理のコツは『さしすせそ』って言うのはありますけど、『さけしにしす』だなんて聞いたことはありませんわよね。ですから、いったい夏子はどうなっちゃったのかしらって、みんなで心配していたんですの。これが浅見さんのおっしゃる暗号だとするとどうなるのかしら？」

「もし暗号だとすれば、『さけししす』だけでなく、そのあとの『を』までが含まれるはずです。それでやってみましょう」

浅見は紙の上に文字を並べた。

さけししすを
ＫＩＬＬＭＥ

「ＫＩＬＬ　ＭＥ！……」

二人は同時に叫んだ。そのあとに続けた言葉は、しかし違った。静香は「まさか……」と言い、浅見は「なんてことを……」と悲痛に呻いた。

「嘘《うそ》でしょう？　まさかこんなことがあるわけないわ」

「どうしてですか？　現に夏子さんは亡くなったじゃありませんか。それに、この暗号がその事実を物語っています」

「でも、それはただの偶然かもしれませんわ」

「偶然?……、何を言うのです。あなた自身、夏子さんの書いたこの文章がおかしいとおっしゃったじゃないですか?」

「ええ、それは……。でも、夏子がそんなふうに記憶違いしたのかもしれませんし……。第一、殺すって、誰が夏子を殺すっていうのですか?」

「それもおそらく、これと同じように、ほかの手紙のどこかにヒントが示されていると思います。とにかく、夏子さんは根気よくお姉さんのもとへ暗号を送り続けていたのです。『浅見さんのおばさまによろしく』と書くことで、いつかきっとそのことが僕に伝わると信じていたのだと思います」

「じゃあ、私がそれに気がつかなかったために、夏子は……」

静香はそそけだった表情になった。

「いえ、お姉さんが気付かないのは無理がないのです。しかし、この鏡台を送られた時点で、なぜ僕が気がつかなかったのか、残念でたまりません」

「ちがいます、それより前に私が気付くべきだったのです」

静香はきびしい口調で言った。それは浅見の悔恨を慰めるための言葉ではなかった。

「夏子はずっと以前――もう何年も前になりますけど、最後に家に遊びに来た時、もしかすると、殺されるかもしれない――と、冗談のように言っていたことがあるのです」

「………」

「いえ、私は冗談だと思っていました。夏子も笑いながら言っていましたし、一種ののろけかなって思ったりして……。でも、それが最初の兆候だったのかもしれません」

「殺されるとは、なぜ、誰に殺されると言っていたのですか?」

「聖一さん――夏子の夫にです。『あの人に殺されちゃうかもしれない』って」

「なぜ?」

「愛されすぎているからって……」

「そんな……」

「そうでしょう、そんなばかなって思うでしょう? だから私もそう思って、のろけだと思って……。でもそうじゃなかったのかもしれませんわね。あの子は切実にそういう危険のあることも訴えたかったんですわ。夏子はこう言っていたんです。『文瀬の家では、どこへも出してくれない。私には自由がない』って。『もし私がよその男性と会ったとしたら、たとえただ言葉を交わしただけでも殺されちゃうだろう』って。だから私は『おのろけもいいかげんにしなさい』って怒鳴ってやったんです。大笑いしながら……。あの子も笑ってたけど、心の中ではどう思っていたか……。こんなこと姉の私から夏子の幼馴染《おさななじみ》であるあなたに打ち明けるのはどうかと思うんですけど、夏子は聖一さんに、ほんとに舐《な》めるような愛され方をされてたみたいなんですのよ。『髪の毛の一本一本をいつくしむように洗ってくれるの』って、それをうつろな目をして言うんです。それからすぐに笑って『気味が悪いでしょう』って。そういうのをみんな、夏子らしい悪い冗談だと思っていましたけど、それっきりあの子は実家に戻ることがなくなったんです」

静香はしだいに思いつめた眼になっていった。色白の美しい顔だけに、怒りと悲しみが凝縮《ぎょうしゅく》した表情には凄味《すごみ》があった。

6

その晩、浅見は午前二時を過ぎても、ベッドに入らなかった。

午前二時は浅見にとって魔の時刻である。浅見は犯罪捜査ではスーパースターなみの才能を見せるくせに、根っから臆病《おくびょう》な人間なのだ。午前二時——丑三《うし》つ刻《どき》が近づくと、浅見は毛布を被《かぶ》って寝てしまう。

丑三つ刻にお化けが出ることを、本気で恐れている。お化けや霊魂が存在するかしないか――などという科学的な論拠などとは関係ない。要するに感性の問題なのだ。たとえ現実に幽霊を見たとしても、あれは違うと強情を張るような人だっているだろう。それとは逆に見なくても感じる人間も、世の中にはいるということだ。

浅見だって科学的に幽霊が存在するなどと分析したり、確信したりしているわけではない。本当に見たのか――と問いつめられれば、沈黙するしかない。

しかし感じるのだ。夜、寝ている部屋の暗闇《くらやみ》の中に、ひっそりとうずくまる白い影のあることを――。夕闇の迫る森の中を、けものでもなく風でもない何かの気配が通り過ぎるのを――。もしあなたがそういう感性の持ち主であるなら、たぶん浅見光彦と同質のナイーブで心優しき人にちがいない。そうして午前二時を怖がる臆病人間であるはずだ。

その浅見が丑三つ刻に気付かないほど、机の上の作業に没頭していた。

机の上には夏子の葉書が古いものから順番にきちんと並べてある。一見するとなんでもない、ただの近況報告や時候の挨拶《あいさつ》を書いたものばかりだ。しかし、その内のあるものには、たしかに意識的にそうしたとしか思えない稚拙《ちせつ》な、あるいは不自然な文章が散らばっていた。

浅見はとにかくそういった違和感をもたせるようなセンテンスを拾うことから作業を始めた。

といっても、不自然な文体がすべて何かの暗号であるということでもなさそうだった。拾い上げて解読しようにも、どう考えてもまったく意味をなさないものもある。夏子がそれを「検閲」の目を誤魔化《ごまか》すためのカムフラージュとしてわざと使ったのか、それとも現実にいくぶんノイローゼ状態にあったための異常なのか、浅見にもはっきりと分からなかった。

――さけししすを（ＫＩＬＬ　ＭＥ）――というのは、さすがにあの一枚の葉書にしか使っていない。

それに対して、三通の葉書の中に、なんと合計して五度も同じ文字配列が現れているものがあった。

このごろ人の世のなさけわ大切だと、つくづく思うようになってきました。
少しおとなになった証拠でしょうか。

右の文章に見られる、『のなさけ』がそれである。そのあとに『は』とすべきを

『わ』としていることで、読む者にこれが暗号であることを気付かせる工夫をしている。

この「世のなさけわ」または「世のなさけが」というのが三個所あった。一通にはこんな文章もあった。

父さんの厳しさの裏のなさけより、母さんの見え透いた甘やかしのほうが、好きでした。

これなどなかなか含蓄《がんちく》のある内容を持っていて、注意しても見逃してしまいそうな、さり気ない文章だ。

「のなさけ」をアルファベットに書き換えると「YUKI」になる。浅見にはこれが何なのかわからなかった。べつに意味がないのかと思いかけた。しかし五度も使っているとなると、やはり何か秘められた意味があると考えるべきなのだろう。

YUKI——

女性の名前だろうか？　最近、飛び降り自殺をしたアイドルタレントの名前がそうだった。まさか彼女の死が夏子の死に関係していることはないだろうが……。

まともでない文章がときどき現れるので、その中から暗号らしきものを選び出すのが難しい。いちど見落としたものも、再度チェックしてみると怪しい場合があった。

これなどもそのクチだ。

今年はまだ六月だというのに、もう夏やせなっております。

最初、読んだ時は完全に見逃した。「夏やせなっております」というのを、意識の上では「夏やせになっております」と、実際には書き落としてある「に」を、勝手に挿入して読んでしまっていた。

この「や」と「り」に挟まれた部分、つまり「せなってお」を解読すると、なんと「NURSE」になるのだ。

——NURSE——

むろん看護婦のことである。

これがその夜の最後の発見になった。時刻はとうに午前三時を回っていた。浅見はようやくベッドに潜り込んだが、興奮してなかなか眠れなかった。

「HELP」に始まって「KILL　ME」「YUKI」そして「NURSE」と出

てきた。この一連の単語からどんどんイメージの世界が広がっていった。

それでもいつのまにか眠りに落ちて、目が覚めたのは九時過ぎだった。

起きぬけに浅野家に電話を入れた。静香は午前中は家にいるということだった。浅見は朝食もそこそこにすませ、葉書の入った文箱を抱えて車に乗った。

浅野静香は昨日より、心なしか面《おも》やつれしているように見えた。浅見を迎えて無理に作った笑いが、かえってそう感じさせたのかもしれない。

「浅見さんずいぶんお疲れになってらっしゃるみたいですわね」

先を越されて、浅見は苦笑した。

浅見に「発見」についての報告を受けても、静香は昨日ほどは驚かなかった。ひと晩のあいだに、彼女なりにいろいろと思い合わせることがあったのだろう。妹の死がただの事故死や、まして病死なんかでないことを、ゆっくりとだが、確実に自分に言いきかせたにちがいない。

「じゃあ、看護婦で『ユキ』という人が関係しているのでしょうか」

「短絡的に考えればそういうことになりますが、それ以外にもまだ何か隠された暗号を見落としているのかもしれません」

「でも、夏子にしてみれば、そうそうおかしな文章を書くわけにはいかないのですし、伝えたいことを一つずつ、バラバラに送らなければならないという制約があったのですから、必要最小限の単語を繰り返し送るようにしたのだと思います。短絡的でもなんでも、その僅《わず》かな情報の中から、あの子の意図を読み取るしかないのではないでしょうか」

「はあ……」

浅見はむしろ気圧《けお》されるものを感じた。静香という女性は、外見はたおやかに見えて、その実、こうと決めたら躊躇《ちゅうちょ》しない強靱《きょうじん》な意志力の持主であるらしい。

「それで、浅見さんはこれからどうしたらいいと思ってらっしゃるのですか？」

「いや、それはまだ考えていません。こんなふうに暗号を解読して、かりにこれが、ほんとうに夏子さんのメッセージだったとしても、現実にそういう事件や犯行が行われたかどうかは分からないのですから」

浅見は静香の積極性をむしろ警戒する気持ちで、抑《おさ》えるような口調になった。

「じゃあ、まずそこから調べなければならないっていうことですわね」

静香は浅見の慎重さにかえって煽《あお》られたように、勢い込んで言った。

「まあ、そういうことですが……」

「私は何をしたらいいかしら。その『ユキ』とかいう看護婦がいるかどうか、そこから始めましょうか?」

「ちょっと待ってください」

浅見は慌てた。

「お姉さんが乗り込んで行っては、怪しまれて具合が悪いでしょう。看護婦のほうは僕が当たります」

「それじゃ私は?」

「差し当たってはどうすることもできませんので、僕の報告を待っていてください」

「それはだめです」

静香は首を横に振った。

「あなたよりはむしろ、妹の無念を晴らす仕事は、私がしなければならないことなのですから」

テレビの必殺仕事人のような過激なことを、平然と言ってのける。いや、真直ぐ正面を向いた姿勢でそう言うのを聞くと、絵空事《えそらごと》どころではなく、ほんとうに「復讐《ふくしゅう》劇《げき》」を実行しかねない迫力があった。

「そのお気持ちは分かりますが、とにかく僕の報告を待ってからにしてください。『ユキ』というのが、看護婦のことなのかどうかもはっきりしていない現状では、手の打ちようがないのですからね」

駄々《だだ》っ子を宥《なだ》めすかすように、浅見は言った。

7

その『ユキ』という看護婦が実在したのである。精神科病棟の鳥須友紀《とりすゆき》という女性が、文瀬病院に勤務している唯一の『ユキ』であった。

もっとも、だからといって、夏子が送ったメッセージの『YUKI』が鳥須友紀であるという証拠はまだない。

浅見も静香も、『ユキ』という名前が出た時点で、当然ながら、夏子の夫である文瀬聖一の女性関係が「事件」の発端であり、『ユキ』がその女性なのではないか——という疑いを抱いている。問題はその『ユキ』が鳥須友紀であるかどうかだ。『ユキ』という名前はそう珍しくない。たまたま、文瀬病院にそういう名前の女性がいたからといって、それが「問題の」ユキであるとはいえたものではない。

浅見がひととおり調べたところによると、文瀬病院は、神経科が中心だが、関連して精神科を併《あわ》せもっている。軽度の症状の患者を比較的短期間、入院加療する設備も人的態勢も整っている。看護婦の総数は六十四人。病院の寮に住んでいる者と通勤者とが半々だそうだ。

鳥須友紀は通勤組である。自宅は病院から徒歩で十分あまりのマンションに独り住まい。若い看護婦としてはかなり豪勢な暮らしというべきであった。その点だけでも病院長の御曹司《おんぞうし》との関係を疑えば疑えるが、しかし、あくまで想像の域を出ない。

この辺が素人探偵の泣きどころだ。直接的な捜査活動ができないし、まして、本人を摑《つか》まえて問い質《ただ》すことなどできっこない。わずかに通勤の途中、それとなく接近したり、車の中から望遠レンズをつけた隠しカメラで撮影するくらいが関の山だ。

鳥須友紀は美貌《びぼう》であった。年齢は二十九歳。女性としては若いとはいえないが、看護婦としては、若さといい経験といい、もっとも理想的な年代といえる。

これで、相手が内科勤務ででもあれば、仮病《けびょう》を装って接触することもできるのだが、なにしろ精神科とあって、浅見には手の打ちようがない。

（警察に頼むか――）とも思った。例の東調布署の橋本刑事課長を訪ねて、それとなく文瀬聖一に女性関係があるかどうか訊いてみたけれど、反応はさっぱりだった。

「なあんだ、あの事故のことをまだ追っ掛けているんですか？」

まるで大昔の話でもするような目で、ジロリと見て、

「さあ、どうですかなあ、まあ女遊びの一つや二つはあるでしょうが。なるほど、それがノイローゼの原因になったのではないかということですか？　そうかもしれませんね。しかし、そういうのは珍しくもないことですからなあ」

喋るだけ喋ると、ちょっと会議がありますので——と、背中を向けて行ってしまった。

警察を引っ張り出すのは不可能に近いと思った。あの葉書の「暗号」を見せたところで、「ノイローゼ」で片づけられてしまうのは目に見えている。そんな子供だましのいたずらに付き合っていられますか——と、笑われそうだ。

第一、文瀬病院は信用も実績もある格式高い病院である。患者には政治家や財界人が多い。大先生は精神病理学界に貢献した重鎮《じゅうちん》だし、若先生も東大出のホープである。警察だって、事件捜査の際にはいろいろ世話になっていることが多いのだ。早い話、司法解剖に当たった監察医務院の職員の中には、大先生の薫陶《くんとう》を受けた医師もいるのである。夏子若夫人の「変死」をほとんど病死に近い事故死という扱いで、あっさり処理したのには、そうした背景だって働いていたにちがいない。

それに、なんといっても、警察はすでにあの「事件」を事故死と断定してしまったのである。いったん公式に決めて処理した事件を蒸し返すことが、事実上不可能に近いというのは、警察にかぎらず、あらゆる役所に共通していえることだ。

いくら、いまをときめく刑事局長の弟だろうと、一介《いっかい》のルポライターでしかない浅見光彦風情《ふぜい》が躍起《やっき》になったところで、警察組織が動いてくれるはずがない。かといって、まさか局長の兄をつっつくことなど、居候の愚弟という身分を考えると、考えるだに恐れ多いのである。

浅見はついに最後の手段に出た。付き合いのある出版社の名前を使って、文瀬聖一にインタビューを求めることにした。「精神病理学界のホープに聞く」という企画はどうだろうと持ち掛けると、編集者は浅見のほうが驚くほど乗り気になった。

「それいいですよ。ちょうど、昨日の新聞で医者の所得の記事が出ていましてね。なんでもふつうの医者は、一般給与所得者の七倍程度だが、精神科の医師はその二倍もあるらしい。なぜいま精神科の医者なのか――ってテーマでね」

浅見はそんな事情はちっとも知らなかったのだが、それはタイムリーだった。

電話で文瀬聖一とアポイントメントを取ると、簡単に応じてくれた。東大出だから、名誉欲が強いのかもしれない――などと、浅見は勝手にうがった見方をした。

文瀬は浅見が想像したとおりの容姿だった。長身、瘦《や》せ型、眼鏡をかけ、鼻筋が通り、額が広く、かなりの美男子といっていい。唇の端をキュッと締めるようにして、思慮深そうな話し方をする点も、まさに想像したとおりだったので、なんだか初対面のような気がしないほどだった。

当たり障りのないような、はっきり提灯持《ちょうちんも》ちの記事になりそうなインタビューを終えて、最後にさり気なく訊いた。

「ちょっとお訊きしたいのですが、最近、奥様をお亡くしになったそうですね？」

「ん？　ああ、そうです」

文瀬は脇《わき》を向いて答えた。

「失礼ですが、ノイローゼが原因だとうかがいました」

「まあ、そんなところです」

「精神科のお医者さんの奥様がノイローゼというのは、こんなことを申してはなんですが、紺屋《こうや》の白袴《しろばかま》のように思えまして、信じられなかったのですが」

「いや、お恥ずかしい話だが、事実です。しかし、そのことも書くつもりですか？」

「いえ、そういう先生のプライバシーに関わるようなことは書きません。今回の企画とは無関係ですので」

「そのほうがいいでしょう」

文瀬はわずかに笑顔を見せた。そんなことをしたらただじゃすまない――と言いたげであった。

「ところで、ノイローゼの原因は何だったのでしょうか?」

「不妊ですよ」

「え? 不倫、ですか」

浅見はわざと聞き違えたふりをした。一瞬だが、文瀬の顔に狼狽《ろうばい》が走るのを見逃さなかった。

「ばかな、不妊ですよ、不妊。妻は子供が出来ないのを苦にして、自分を必要以上に責めたのです」

「子供の出来ない夫婦なんて、珍しくないと思いますが、そんなに気になさったのでしょうか?」

「ああ、そのようですな。あんた方には分からないかもしれないが、ふつうの家と文瀬家とでは条件が違うのです。もし子供が出来ないと、跡継ぎの問題を生じますからね。いや、もちろん誰もそのことで責めたりはしないのだが、本人は悩んだのでしょうな。まったく可哀想《かわいそう》なことをしました」

文瀬の言葉や態度からは、犯罪行為があったことなど、まるで読み取ることはできなかった。

「奥様とは恋愛結婚ですか？」

浅見は、事件とは直接関係がないけれど、自分としてはもっとも知りたかったことを訊いた。

「いや、見合い結婚ですよ。しかし、知り合ってからはお互いに惚《ほ》れあいましたがね」

文瀬がぬけぬけと言うのを聞いて、訊かなければよかった——と後悔した。

「妻の実家は浅野といいましてね、忠臣蔵の浅野家と関係のある家柄なのです。それで選んだということもありますがね」

訊きもしないことを文瀬は自慢そうに披瀝《ひれき》した。浅見はそれ以上は文瀬の秀才面を見ている気がしなかった。結局、この日のインタビューでは、くそ面白くもないおベンチャラ記事を書かなければならないというお荷物だけが、唯一の収穫だった。

浅見は逐次《ちくじ》、分かったことを浅野静香に報告しに行くようにしている。こっちから報告しないでいると、毎晩、定期便のように電話が鳴った。浅見の「捜査」が遅々として進展しないありさまに不満を感じていることは、会って、ひと目顔色を見れば、ありありと分かる。

「その鳥須友紀という女性が、現在、聖一さんと付き合っているかどうかも分からないのですか？」

「いまのところ、まったくその兆候は見られません。あるいは、ほとぼりの冷めるまで自粛しているのかもしれませんが……。といっても、僕がやっていることは、せいぜい彼女が外出するのを尾行したりすることぐらいで、それも毎日というわけにはいきません。外出先は病院か、それとも近所のスーパーでの買物ですが、夜中にこっそりマンションを抜け出して、どこかで密会でもしているとなると、お手上げの状況なのです。テレビドラマなんかの探偵だと、もっとうまく立ち回るのでしょうけれどねえ」

「でも、もしほんとうに夏子を殺したのなら——いいえ、実際に手を下してないにしても、死に追いやるようなことをしたのだとすると、その人だって脅《おび》えているはずですわ。女の私だからよく分かるのですけど、いつまでもマンションの部屋に独りでじっとしているなんてこと、とても辛抱《しんぼう》できっこありません。我慢の限界っていうものがあります。きっと聖一さんとどこかで会って恐怖を分かちあうはずだと思うんです」

「それはお姉さんのおっしゃるとおりでしょう。僕もその我慢の限界がくると信じているんですが、しかし、なみ外れた忍耐力と不屈の精神力の持主だとしたらどうでしょう」

「失礼ですけれど」

と、静香は悲しい目をして言った。

「浅見さんはやはり傍観者でいらっしゃるんだと思います」

「傍観者?……」

「ごめんなさい、いろいろとお世話をかけていながら、こんなこと言うの、とても恩知らずだということは分かっています。もともと、今度のことは浅見さんが見つけて教えてくださったことですし。だけど、私の悲しみや憎しみとは、やはり浅見さんは違うところから夏子の死をご覧になっていらっしゃるんですわ。いいえ、だからって不満だなんて言ってるんじゃないんです。でも、何もできないまま時間が過ぎていってしまえば、夏子の死は闇《やみ》の中に置き去りにされたみたいに、忘れられたままになってしまうと思うんです。それが口惜《くや》しいんです。何も知らなければこのままですんでしまったかもしれませんけど、知った以上、残された者として復讐《ふくしゅう》をやり遂げなければならないでしょう」

「復讐……」

浅見はゾクッとした。暗闇の中に潜む白い影の正体を見たような気がした。

「しかし、とにかく事実関係がぜんぜんはっきりしていないのですから、軽率なことはできませんよ。もう少し時間をかけて……」

浅見は狼狽《ろうばい》しながら静香を制した。

「時間はあの人たちの味方ですわ。時間がかかればかかるほど、遠いところへ行ってしまうのですもの」

「そんなことおっしゃって、まさか、無茶なことをなさるつもりじゃないでしょうね?」

「さあ、どうかしら?……」

静香の白い顔が凄味を帯びて笑った。

8

鳥須友紀のところに奇妙な宅配便が配達されたのは、奈良県で集中豪雨による土砂崩れが発生し、関西本線が寸断されるなど、各地で被害が出たその日のことである。

友紀は泊まり明けで朝の九時過ぎに帰宅。シャワーを浴びて、ベッドに入ろうかとしていた時だ。

もしかすると昼休みに文瀬聖一が呼び出しをかけてくるかもしれない――という期

待があった。あれからもう三週間になる。電話するたびに、聖一は「もう少し待て」の一点張りだ。だけど、いくら用心が必要だからって、これ以上、こんな中途半端な状態でいるのは耐えきれない。昨日の夜、病院の宿直室からかけた電話で、友紀は少し脅すようなことを言ってやった。

「このまま放っておいたら、私も死んじゃうかもしれない」

「ばかなことを言うんじゃない！」

聖一は声をしのばせて怒鳴った。

「僕たちにとって、いまが非常に大事な時期なんだよ。軽はずみなことをしないで、もう少し待っていてくれ。僕を愛してくれるのならね」

最後の優しい口調に、いつだってはぐらかされてしまう。友紀にとっては神様みたいな先生だけれど、それだからこそ放っておかれるのが死にたくなるほど辛いのに――。

「分かりました。私、我慢します。でも、女って自分でもどうしようもない気持ちになることは、先生ならお分かりでしょう?」

「分かっているとも、僕だってきみに負けないくらい辛いんだ……そうだな、もしかしたら、明日、昼の休みに抜け出せるかもしれない。そしたら久し振りに会おう」

「ほんと？　うれしい！……」

チャイムが鳴った時、だから友紀は聖一が訪ねてきたものと勘違いした。電話で呼び出すのではなく、いきなり訪ねてくれたことで胸がいっぱいになった。

パジャマのままでドアを開けると、宅配便のユニフォームを着た青年がまごついた顔で立っていた。両手で大きな荷物を抱えている。受け取ると、かなり持ち重りがした。

（誰からかしら？……）

送り主を見て、友紀は頭の先から爪先《つまさき》まで、ズーンと凍《こお》りつくような気持ちがした。

――文瀬夏子――

「何よ、これ……」

思わず呟《つぶや》いた。荷物を慌てて床の上に下ろした。掌《てのひら》を無意識にパジャマの尻で拭《ふ》いていた。

伝票に印鑑を捺してからしばらく恐ろしげに荷物を眺めていたが、ふと思いついた。

（なんだ、そうか、香奠《こうでん》返しか――）

香奠返しは四十九日以降にするものだ。しかし、友紀にはその知識がなかった。

ダンボール箱と包装紙を破って、中の品を取り出した。白い姫鏡台のキットが出てきた。香奩返しにはあまり相応《ふさわ》しくないように思えたが、高価な品らしいのだから、文句を言うことはない。友紀にもできる簡単な組み立て式になっていて、組み上がると、少女趣味だがけっこう可愛《かわい》らしい。

友紀は三面鏡はあるけれど、この姫鏡台なら机の上に飾ってもよさそうだ。

ベッドに入って、少しウトウトしたところに電話が鳴った。聖一からだった。

「十二時ちょうどに、渋谷東急《とうきゅう》の地下駐車場にいてくれるか」と早口で言った。

そこはいつもの待ち合わせ場所だ。小一時間の余裕があった。友紀はいそいそと支《し》度《たく》をして、いつものように尾行に気をつけながら東横線《とうよこ》の駅へ向かった。

二人は落ち合うと、都内の大ホテルは避けて、郊外へ向かう道路脇にあるモーテルに入った。

友紀は餓《かつ》えたオオカミのように聖一を貪《むさぼ》り、子猫のようにジャレた。聖一は友紀のなすがまま、奉仕されたままに身を委《ゆだ》ねた。束《つか》の間《ま》だが、充実した享楽の時が流れた。

「素敵なお香奩返し、ありがとう」

聖一の腕を枕《まくら》に恍惚《こうこつ》としながら、友紀は寝惚《ねぼ》けた声で言った。

「香奩返し？……、何だっけ？」

「鏡台、白い可愛らしい姫鏡台」

「なに？……」

聖一は裸の上半身を起こした。腕枕がはずれて、友紀は眉をしかめて笑いかけた。

「邪険にしないで。せっかく安らいだ気持ちに浸《ひた》っているのに」

「すまない……。だけど、いま妙なことを言ったね。鏡台がどうしたって？」

「やあねえ、鏡台送ってくださったんでしょう？　あれ、お香奠返しの意味じゃないんですか？」

「鏡台なんて送らないよ。第一そんなもの、香奠返しにするわけがないだろう。それにまだ香奠返しはしていないはずだ」

「あら、だって差し出し人の名前が文瀬夏子って……」

「ばかな、死んだ者の名前で香奠返しをするわけがない……」

二人は同時に表情をこわばらせ、恐怖にひきつったたがいの目を覗き込んだ。

「じゃあ、あれは、いったい誰が……」

「うーん……、心当たりがないこともない。たぶん夏子の姉だろう。浅野静香というんだが」

「そのお姉さんて、私のことを知ってるんですか？」

「いや、そんなはずはない。きみのことをうすうす勘づいていたかもしれないのは夏子だけだよ」

「でしたら、奥さんから聞いたのかもしれないじゃありませんか？」

「いや、それは絶対にないと思う。外部との接触は一切、できないように気を配った。和恵と加奈子《かなこ》に交代で目を放すなと命じてあった。寝室の電話も、僕が留守の時は切り換えができないようにしておいたしね」

「でも、だったらどうして私の所へ？　第一、どうして鏡台なんか？」

「その鏡台は、おそらく夏子が使っていたものだろう。夏子は死ぬ少し前に姉にその鏡台を送っているんだ。僕が宅配便の店までついて行ったからまちがいない」

「えーっ？……」

友紀は悲鳴を上げた。

「やだあ、そんなの。じゃあ、奥さんが毎日見ていた鏡ってことじゃない……」

剝き出しの肩から腕にかけて、鳥肌が立った。

「きっと夏子の姉がいやがらせに送って寄越したのだろうが……。しかし、どうしてきみのことを知ったのかなあ？……そうだ、その宅配便を受け付けたのはどこの店か、分かる？」

「そうね、うちに帰って、伝票を見れば分かると思うけど……」

「その店に行って、どういう客が持ち込んだのか、確かめてみてくれないか」

「えっ？　私が？」

「うん、悪いけど、そうしてくれないか。まさか僕が動くわけにもいかないだろう。このところ雑誌のインタビューなんかも多いし、顔を知られている可能性があるからね。この際、きみを頼りにするしかないんだ。頼むよ、いいだろう？」

「ええ、そりゃ先生のためになることなら、何でもしますけど。でも、赤ちゃんのこと、ほんとに産んでもいいんですね？」

「きまっているじゃないか。僕の家にとって大事な跡取りだよ、産んでいいどころじゃないよ」

「よかった、先生の赤ちゃんが産めれば、私はどうなったっていいんです。一生、日陰のままで……」

「ありがとう。きみのそういう健気《けなげ》さを知ったら、夏子だって死ぬことはなかっただろうけどね。ばかな女だ」

「でも奥さんは私を恨んでいらっしゃったにちがいないです。それが怖いんですよね。奥さんの恨みが……」

友紀はふいにあの白い鏡台を思い浮かべて、軀《からだ》が凍るような想いに襲われた。

午後二時に友紀は文瀬と別れてマンションに戻った。鏡台は白い墓石のようにリビングルームに居坐《いすわ》っていた。友紀は急いで押入れの奥に鏡台を押し込んだ。屑籠《くずかご》から宅配便の伝票を拾い出して、「文瀬夏子」の住所を見た。配達された時には気がつかなかったが、住所は田園調布の文瀬家のものではなかった。

――府中《ふちゅう》市多磨《たま》町四丁目六番地――

知らない番地だ。夏子の実家の住所なのかな――と友紀は思った。

宅配便は小金井《こがねい》市本町《ほんちょう》六丁目というところにある店の扱いになっている。電話で訊いても分かるかもしれないと思ったが、友紀はやはり行くことにした。文瀬が行って調べるようにと頼んだのだから、そうしなければならないと従順に思った。

小金井市本町六丁目は中央《ちゅうおう》線武蔵《むさし》小金井駅の北側であった。ほとんど駅前のような便利な店だ。

店に入って送り状を見せ、「この荷物のことでお訊きしたいのですが」と言うと、若い男がキビキビした態度で応対してくれた。

「ああ、鏡台ですね。あのう、何か不都合なことでもありましたか？」

心配そうな顔で訊いている。この頃の宅配便はかつての郵便小包や日通《にっつう》の鉄道便と較べると、そのサービスのよさに驚かされる。昔は「荷物を送ってやる」という、横《おう》柄《へい》な態度だったものだ。

「そうじゃないんです。ただ、あまりお付き合いのない方からいただいたものだから、間違いじゃないかと思って」

「はあ、でもそんな間違いはなさらないと思いますが」

「そうですよねえ。それで、送り主の方は女の方でした？」

「はい、たしかそうだったと思います。伝票のお名前もそうなっているはずですが」

店員は送り状を覗き込んだ。

「あ、やっぱりそうですね」

「ええ、ここには女の方の名前が書いてありますけど、実際に荷物を出しに来た人はどうだったかと思って」

「はあ、たしかそうだったと思います。ええと、そうですそうです、間違いありません。女性の、なかなかきれいなお客さんでした」

それを聞いただけでも、友紀は寒気がしてきた。

「あれ？　だけどこの住所、変ですねえ」

若い男は眉をひそめた。

「変て、何が変なんですか？」

友紀は気になって、男の指先を覗いた。

「この多磨町四丁目六番地っていうのがです。荷物をお預かりした時は気がつかなかったんですが、これ、おかしいですよ」

「だから、何がおかしいんですか？」

「だって、ここ、たしか家なんかないはずですから……」

「家がないって、架空の住所なんですか？」

「いえ、住所はあるんですが、その……、いやだなあ、お客さん、からかってるんじゃないでしょうね？」

「どうして？　からかうわけないでしょう」

「ほんとにマジですか？　だってこの住所、墓地なんですから。多磨霊園の真中ですよ、そこは」

「…………」

友紀は折り畳み椅子《いす》の上にへたり込んだ。

9

友紀にとって不運だったのは、それが不安定な折り畳み椅子であったことだ。それでなくても、なかば放心状態で腰を下ろしたのだから、たまったものではない。友紀は椅子もろとも、ドーッとばかりに真横に倒れ、コンクリートの床でしたたか腰を打った。ほとんど無防備の倒れ方だった。

友紀は下腹部に激痛を覚えた。局部から熱い液体が溢《あふ》れるのが分かった。しかし、一瞬ののちには、知覚が急速に失われた。

薄れゆく意識の底で、友紀は文瀬夏子の幻影を見ていた。白い霧のような塊《かたまり》が、たしかにこっちを見て笑っていた。

——何がおかしいのよ！

亡霊に向けて、友紀は叫ぼうとした。しかし喉《のど》が塞《ふさ》がれて声が出ない。白い霧が意識を完全に支配してしまった。

鳥須友紀が救急車で運びこまれた小金井の病院から、文瀬病院に「事故」の連絡が入ったのは、それからほぼ一時間後である。

小金井には文瀬病院の責任者として、文瀬聖一が向かった。

文瀬が到着した時には、友紀は意識を取り戻していた。しかしショックのせいで、もうろう状態にあった。

友紀は意識が戻るとすぐ、看護婦におなかの子供について質問している。

「残念ですが……」

看護婦が答えた瞬間、友紀は半狂乱になった。いや、実際に錯乱状態に陥《おちい》って、麻薬患者の禁断症状のように、わけの分からないことを口走って暴れた。駆けつけた医師が鎮静剤を注射して、やっとおとなしくなった。

文瀬の顔を見ると、その時だけ正気が回復したのか、「先生、申し訳ありません」と言って、泣きじゃくった。

それが結局、まともらしいことを言った最後になった。

それから先は、文瀬が手を握り、「気にすることはない」と励ましても反応がなく、空間の一点をにらんだきり、ときどき震えに襲われたり、ブツブツと意味不明のことをつぶやいたりするばかりになった。

文瀬はふと、友紀の右手がしっかりと握りしめられていることに気がついた。指のあいだから、紙片のようなものが覗いている。

指を広げようとしたが、強い力で握って、放さない。まるでこじ開けるようにして、文瀬は掌《てのひら》の中の紙片を取り出した。

もみくしゃになった紙は宅配便の伝票であった。伝票に書かれた差し出し人の名前は「文瀬夏子」になっている。そのことは友紀に聞いて知っていたから、文瀬はさほど驚かなかった。だが、その上の住所を見て、寒気を感じた。

――府中市多磨町四丁目六番地――

それが、文瀬家の墓地の所在地であることは、文瀬にはすぐに分かった。と同時に、友紀を襲ったショックが何であったのかも、ようやく思い当たった。

（復讐《ふくしゅう》か――）

文瀬の脳裏には、夏子の姉の白い能面のような顔が思い浮かんだ。あの白い鏡台を送って友紀を恐怖に陥れただけでなく、墓地から送られたように装った陰湿さに、はらわたが煮えくり返るような怒りを覚えた。

文瀬は夜更けてから、友紀の状態が落ち着いたのを見届けて、宿直の医師に後のことを頼んで帰宅した。医師は文瀬医院の御曹司に、充分すぎるほどの敬意を払ってくれた。

翌朝、看護婦が検温にきた時、ベッドに友紀の姿が見えなかった。トイレかと思い、しばらく待ったが、戻って来ない。（もしや――）と屋上に上がった時には、すでに遅かった。鳥須友紀は四階建の屋上から、北側の地上に身を投げて死亡していた。

友紀の自殺の報告を、文瀬は副院長室で聞いた。その場には回診の打ち合わせのために、医師と看護婦が何人か同席していたが、文瀬は思わず「畜生！……」と罵《ののし》った。白皙《はくせき》の顔が歪み、涙をポロポロ流した。他の者たちは驚いて後ずさった。

文瀬は眼鏡をはずし、手の甲で涙を拭いながら部屋を飛び出した。

それから一時間ばかり後、文瀬は息をはずませながら、浅野家の玄関に現れた。静香が応対に出ると、指を突きつけるようにして、「あんた、なんだって……」と、あとの言葉がもつれた。

「とにかくお入りください」

静香は落ち着き払って、自分の仕事部屋に案内した。文瀬が何をしに来たのかは判断できなかったが、母親には夏子の夫のこの醜態を見せたくないと思った。

「あんた、どうしてあんないやがらせをしたんだ！」

文瀬はようやくはっきり物が言えた。

「いやがらせって、何のことですの？」

「ふん、とぼけやがって」

文瀬はこの教養豊かな男の口から出ているとは、到底信じられないようなヤクザがかった言葉を吐いた。

「夏子の鏡台を友紀に送ったじゃないか。あんたの狙《ねら》いどおり、友紀は死んだよ。地べたに叩《たた》きつけられて、無残な死にざまだったってさ。それで満足したかい?」

「えっ? 死んだって……、あの、鳥須友紀さんが自殺したんですか?」

「ああそうだ、あんたの送った鏡台の亡霊に狂わされたんだ。だけど、あんたにそんなことをする権利があるのかい? 友紀だって、一人の女として生きる権利はあったんだぞ。俺にだって、俺の子供を見る権利が……。友紀には俺の子供が宿っていたんだ。それを、あんた……」

「何を言ってるんです? 私が何をしたっていうんです? 第一、あなたたちの権利を言う前に、それじゃあ、夏子の権利はどうなんです?」

静香は鋭く、しかし抑えた声で言った。

「夏子をさんざん苦しめておいて、あんたたちの権利ですって? 笑わせないでくださいよ。それに、鏡台を送ったとか、わけの分からないことをおっしゃってますけど、夏子の鏡台なら、ちゃんとここにありますわよ」

静香はスックと立って、隣の部屋に通じる襖を開けた。白い姫鏡台が、まともに文瀬の顔を映して、そこにあった。

「まさか……、どうして？……」

文瀬はまぎれもなく幽霊を見た時の顔になっていた。

10

夏子が死んでからちょうど二か月経った。

浅見は浅野静香から文瀬の「殴り込み」の話を聞き、多磨霊園から友紀に送られた鏡台のことを知って以来、ますます午前二時を怖がる男になってしまった。

「不思議なことってあるものですわね」

静香が真顔で述懐するのを聞いて、浅見もようやくそれが静香のつくり話でないことを納得した。

「僕はてっきり、お姉さんが夏子さんの恨みを晴らすために仕組んだことだと思いましたよ」

「ええ、じつを言うと私もよっぽど、あの鏡台を送ってやろうかと思ってました。そうでもしなければ気がすみませんものね。でも、そんな必要はなかったんですわ。夏子の幽霊が、ちゃんと復讐をやり遂げたんですもの」

静香の微笑した顔は、幽霊のように恐ろしげであった。

「しかし、夏子さんがほんとうに殺されたのかどうかも分かっていないし、もしそうだとしても、犯人は鳥須友紀ではなく文瀬聖一かもしれませんよ」

「もうどっちでもいいんじゃありません？」

静香は微笑を浮かべたまま、言った。

「真相がどうであろうと、夏子の復讐は終わったんです」

そうかもしれない——と浅見は思った。この「事件」では、浅見はとんだ道化を演じたようなものだけれど、夏の日の幻想を見たと思えば、それでいいではないか——。

浅見は独りで多磨霊園の夏子の墓を詣《もう》でた。そうしないと、いつまでも白い鏡台の夢を見そうな気分が抜けない。
真夏の昼下がり——。墓石の周辺からは陽炎《かげろう》がゆらゆらと燃えて、なんだか幻覚を見ているような気持ちに誘われた。強すぎる光の中を、白いワンピースの女がパラソルをクルクル回しながら近づいてくるのが、それこそ幽霊ではないかと思えた。

「あら、浅見さんじゃない？」

白い女が声をかけて寄越した。浅見は一瞬、夏子が出たかと錯覚した。

「私よ、里村弘美《さとむらひろみ》」

「ああ、きみか、何年ぶりかなあ」

滝野川《たきのがわ》小学校で同級だった、夏子の親友の顔が、パラソルの下で笑っていた。里村弘美とは中学まで一緒だった。

「いちど同窓会で会ったから、十年ぶりぐらいかしら。浅見さん変わってないわ」

「きみも変わってないよ。相変わらずきれいだ」

「やあねえ、夏子のお墓の前で。化けて出てくるわよ。彼女、浅見さんのこと好きだったんでしょ？」

「よせよ、変なことを言って脅かさないでもらいたいな。ということは、きみも彼女のお墓参り？」

「ええそう。もう二月《ふたつき》になるのよねえ。早いものねえ」

二人は墓に花を手向《たむ》け、静かに祈った。

「こういうお墓にも住所なんてあるのねえ」

弘美がしんみりとした口調で言った。

「え？　きみそんなこと知ってるの？」

「ええ、ここ、多磨町四丁目六番地っていうの。夏子が教えてくれたわ」

「夏子が？　どうして？　いつ？……」

浅見は矢つぎばやに訊いた。

「いつだったかしら。三年ぐらい前になるわね。夏子が私を呼び出して、一緒にデパートに行ったの。白い鏡台を買ってね、それで、こう言ったの。『もし私が死んだら、この鏡台を送って欲しい』って」

「まさか……」

浅見はうなるように言った。

「宛先は田園調布？……」

「あら、どうして知ってるの？　そうなの、田園調布の鳥須友紀っていう女の人の住所だったの。そしてもっと不思議なのは、送り主の夏子の住所なのよね。その時は気がつかなかったんだけど、あとで調べたら、なんとこの墓地の住所だったじゃない。びっくりするやら気味が悪いやらでねえ……」

浅見はうつろな眼で夏子の真新しい卒塔婆《そとば》を眺めた。

少女像《ブロンズ》は泣かなかった

1

「気味の悪い話があるんですよ」

金井公江《かないきみえ》は、食卓の後片づけをしながら大きな声で喋《しゃべ》りだした。

公江は気のいい女だが、少しお喋りなところが玉にキズである。朝、現れた時から、何か話したいことがありそうだな――と思っていたら、やっぱりそうだった。それでも、千晶《ちあき》の食事中は、じっとこらえていたのは、話の内容が「気味の悪い」ものであるためだったのだろう。

「ふーん……どういうお話？」

千晶は問い返すと、コーヒーの残りを急いで喉《のど》に流し込んだ。

「ゆうべ、川崎《かわさき》さんから聞いた話なんですけどね」

「川崎さんて、例の、牧田《まきた》さんのお屋敷に行ってるひと？」

「ええ、そうです。その牧田さんのお屋敷の話なんですのよ」

公江は勢い込んで言った。

この付近は古くからの閑静な住宅街で、塀をめぐらせた屋敷も多い。もっとも、昔からの住人がそのまま住んでいるところは、せいぜい半分程度。残りは新興の金持ちだとか、不動産業者の手に渡り、新しい建物に建て替えられたり、いくつかに分割されたり、中にはマンションに化けたりしたものもあった。

牧田家もそういう新しい住宅のひとつだ。橋本《はしもと》家を出て、右手に百メートルばかり行った角地《かどち》、四百坪ほどの敷地に白い洋館を建てて、五年前に移り住んだ。

牧田家にかぎらず、この辺《あた》りは近所付き合いをまったくしない主義の家ばかりだから、どういう家族が住んでいるのか、知るよしもなかったのだが、最近、公江の仲間の川崎幸子《ゆきこ》が出入りするようになって、少しずつ情報が耳に入ってくる。

といっても、千晶が積極的に牧田家に関心を抱いているわけではない。千晶の関心の度合いといえば、せいぜい、車椅子《くるまいす》の散歩の途中、工事中だけ開かれていた門の外から、洋館が建てられてゆく過程を眺めたことがあるといった程度だ。

公江から聞いた知識によると、川崎幸子はこの春頃から、臨時の家政婦として牧田家に雇われている。夫人が病気だということだった。

「私は知らなかったんですけどね、あそこのお屋敷のところは、昔、幽霊が出るという噂《うわさ》があったのだそうですわねえ」

「ああ、そういえば、そんな話、聞いたことがあるわ」

千晶も思い出した。江戸時代、なんとか藩の下屋敷があって、女中が殿様の不興《ふきょう》を買って手討ちになったといった、どこにでもあるような怪談ばなしである。

「その祟《たた》りじゃないかって、そういう噂もあるんだそうですよ」

公江は恐そうな顔を突き出して、小声で言った。

「前のお宅でも、何だか気味の悪いことが続いて、とどのつまりは若奥様が自殺なさったとかいう話です」

「嘘《うそ》でしょう、そんな事件があったなんて、聞いたことがないわ」

千晶は呆《あき》れた。いくら没交渉だからといって、こんな近所の自殺騒ぎが、ぜんぜん耳に入ってこないはずがない。

「いいえ、それはきっとあれですよ。お父様がお嬢さんのお耳に入れないようになさっていらしたからですよ」

公江は自信ありげに断言した。そう言われてみると、そうかな——という気もしないではない。千晶の父親は足の不自由な娘を、まるで硝子《ガラス》の人形を扱うように、文字どおり箱入り娘に育てていたのだから。

「それで、どういうお話なの？」

千晶は話の核心を催促した。

「まさか、前の若奥様の幽霊が出るなんていうんじゃないでしょうね」

笑いながら言ったのだが、公江はニコリともしないで、寒そうに肩をすくめた。

「そうなのかもしれませんわね。ひょっとすると、牧田さんの奥様も、幽霊にとり憑《つ》かれていらっしゃるんじゃないかって……なんでも、奥様の病気というのが、なんだかはっきりしないんですって。ノイローゼじゃないかって、川崎さんは言ってますけど。とにかく、お一人でお部屋に籠《こ》もっていらっしゃることが多くて、それが、びっくりするほど寒いお部屋で……」

「寒い部屋って、なあに、それ？」

「冬でもクーラーを入れていらっしゃるんだそうです」

「クーラーを？」

「ええ、嘘みたいな話だけど本当なんですって。だから川崎さんがお掃除に入る以外、どなたも奥様のお部屋には入らないのだそうです。もちろん、ご主人様もあまり近づかないんですって」

「ふーん……だけどいいの？　そんなプライベートなこと喋ったりして」

「あら、これはご近所、みなさんご存じのことですよ。お嬢さんはほんとに世間知らずなんですから……でも、あれですよ、私はこちらのお宅のことは、ひとつも喋ったりしませんですよ」

「分かってます、金井さんの口が固いっていうことは」

千晶は笑った。千晶の身の周りのことばかりでなく、橋本家のすべては公江の世話になるほかはない。父親が生きている頃から、かなりの部分についてそうだったのだ。だから、ある程度、公江の口から橋本家の内情が洩《も》れるのは仕方のないことだし、喋られて困るようなことはないとも思っている。

「それで、気味が悪いって、そのご病気のことなの？」

「いいえ、そんなことではありません」

公江は口を尖《とが》らせた。

「とても不思議なことなんですけどね、奥様のブロンズ像が、夜な夜な泣いているのだそうですのよ」

「ええ、奥様がお嫁入りの時、お持ちになった、ブロンズの少女像なんですって。ローレライの乙女みたいな可愛《かわい》らしい像なんですけど、それが、朝、川崎さんがお掃除をしようと思って、飾り棚の上を見ると、涙を流しているっていうんですよ」

「涙を?……」

千晶は笑いを含んだ声で言いながら、かすかに眉《まゆ》を曇らせた。

「ええ、いいえ、涙っていっても、目から出ているのを見たわけじゃないんですけどね。でも、俯《うつむ》いた鼻の先から垂れそうになっているのを、実際に見ているし、時には、垂れたしずくで、棚の上が濡《ぬ》れていることもあるんですって」

「ほんとかしら?」

「ほんとなんですよ」

公江はムキになって言った。

2

去年建ったマンションの影が庭先まで延びている。そういえば、セミの声もいつのまにか聞こえなくなっていた。

「そろそろセーターを出しておかないと」

千晶は窓の外を向いたまま、呟《つぶや》くように言った。

「ほんと、もう秋が来ちゃうんですねえ」

公江も、少し暗くなった庭を覗《のぞ》いて、すっかり老け込んだような声を出した。

「今年は夏が短かったし、きっと冬の訪れが早いですよ」

「そういえば、牧田さんの奥さん、まだクーラー、入れているのかしら?」

千晶はふいに思い出して、振り向きながら訊《き》いた。

「もちろんですわよ。だって、一年中、入れっぱなしみたいですもの」

「まさか……」

「いいえ、笑いごとでなく、ほんとに一年中、つけっぱなしなんですって。冬なんか、あれですってね、あまりの寒さにクーラーが止まってしまうのだそうですよ」

「へえー……そういうものなの」

寒いとクーラーが止まるかどうか、千晶に知識はなかったが、クーラーには室温指定みたいな機能があって、室温二十二度だとか二十四度だとかに調節できる仕組みがあるのだから、公江の言うことも、まんざら嘘ではなさそうだった。

しかし、いくら寒くてもクーラーを止めずに、運転しっぱなしにしておくことだって、あるいはできるのかもしれない。そういう場合には、いったいどんなことになるのだろう？　冷えすぎて、部屋中、氷が張りついてしまうようなことにならないのだろうか？

「いくら暑がりか知らないけど、そんなことしたら、体に悪いんじゃないかしら？」

千晶は素朴な疑問を言った。

「そりゃ、悪いと思いますけどねえ」

「だったら、どうして止めさせないの？　お家の方々だって、みなさんご心配なさってらっしゃるんじゃないの？」

「それがねえ、そうじゃないんですって」

「そうじゃないって……」

「ですからね、奥様がかわいそうだって、川崎さんは怒っているんですけどね、奥様のことは川崎さんにすっかり任《まか》せきって、お家の方たちは、それは冷たいものなんだそうですよ」

「でも、ご主人はどうなさっているのかしら？　仲がよくないのかしら？」

「仲が悪いなんて、そんなどころの騒ぎではないんですよ。牧田さんのご主人、ほかの女を引き込んで、一緒に暮らしているんですから」

「え？……」

千晶は露骨に眉をひそめた。

「あら、こんなお話、お嬢さんにはいけませんでしたわねえ」

公江は狼狽《ろうばい》して、「おほほほ」と無意味に笑った。千晶お嬢さんは、世俗に対する免疫《めんえき》性のまったくない、無菌培養の娘だと思っているのだ。

「そんなことはないわよ、私だってもう二十二ですよ、大抵のことには驚かないわ。父の事件だって、ショックは大きかったけど、ちゃんと立ち直ったでしょう」

「ええ、でもねえ、それとこれとでは違いますからねえ」

公江の言い方だと、千晶にとっては、父親が殺された事件なんかより、よその家の不倫のほうが、よほどショッキングな事件だと思っているように聞こえる。

「それはそうと、ブロンズの少女が夜な夜な泣いていたっていう、あの話はその後、どうなったのかしら？」

千晶も話題を変えた。

「ああ、あれはずっと続いています」

公江はこともなげに言った。

「毎晩？」

「ええ、毎晩ですって。毎朝、お掃除の時、必ず涙を流しているんですって。近頃では川崎さんも慣れっこになっちゃって、あまり気味が悪いとも思わないんだそうですよ。それより、奥様の様子がますますおかしくなるんで、そっちのほうが気味が悪いって、そう言ってますよ」

「どんなふうにおかしいのかしら？」

「それがねえ、妙なことを口走ったりするんですって」

「妙なことって？」

「たとえば、殺されるとか」

「殺される？」

「ええ、ときどき『もしかしたら、明日の朝、死んでいるかもしれない。そうしたら、私は病気で死んだのではなく、殺されたのだから、警察にそう言ってちょうだい』って、川崎さんに囁《ささや》くんだそうですよ」

「ええ？　そこまで行ってるの？　それじゃ、完全に被害妄想か何か、とにかく病気じゃありませんか」

「そうですよねえ、病気ですよねえ。食べる物もろくろく食べないもんだから、体だってすっかり痩《や》せちゃって、眼ばかりギョロギョロして、暗闇《くらやみ》で出会ったら、それこそ幽霊みたいなほどですって」

「そんなになってるのに、どうして入院させないの？」

「そう思って、川崎さんも、ご主人に言ったことがあるんですって。そしたら、そんなことは他人に言われなくても分かっているって、こっぴどく叱《しか》られたのだそうですよ。なんでも、いくら入院させようとしても、奥様のほうががんとして言うことをきかないんですって」

「どうしてなの？」

「ですからね、そういうところがお嬢さんには分からないんでしょうねえ」

「分からないって……ああ、そういうことなのね」

千晶は苦笑した。牧田夫人にしてみれば、「よその女」に乗っ取られる危険があるのに、どうして安閑《あんかん》と入院などしていられようか――という気持ちにちがいない。

「お医者さんに診てもらわないのかしら？」

「いいえ、週に一度ぐらいの割合で、お医者は来てるみたいですよ」

「だったら、そんな状態なのに、放っておくわけはないと思うけど」

「それが、調べてみると、お体のほうは別段、異常はないんですって。ただ、栄養状態が悪いだけだから、美味《おい》しいものを食べて、適度の運動さえしていればいいって」

「じゃあ、ほんとの心の病《やまい》っていうわけなのね」

夫の不倫を一つ屋根の下で見ながら暮らしていれば、誰だってビョーキになるわ――と、千晶は他人事《ひとごと》ながら腹が立った。

とはいうものの、たまたま垣間見《かいまみ》たからといって、やはり他人の家のことである。牧田夫妻がどのような破局を迎えようが、せいぜい束《つか》の間、街の噂を賑《にぎ》わすだけのことで、じきに忘れ去られてしまうだろう。いや、もしああいう事件が起きなければ、そうなるはずであったのだ。

3

公江がやって来て、お掃除を始めるのと入れ替わりに、千晶は家を出る。玄関前の緩《ゆる》やかなスロープを、用心深く下って、道路の左右に注意してから、ゆっくりと進み始める。橋本家界隈《かいわい》は車椅子の「散歩」にはうってつけの条件が整っている。車の往来が稀《まれ》だし、道路の舗装状態が滑らかだ。

日中はまだ、時折、残暑のなごりが戻ってくるけれど、朝の空気はひんやりと美味しく感じられるこの頃が、千晶にはいちばんこのもしい季節であった。

大きな邸宅の多いこの辺りでは、出勤・通学時間でも、人通りが少ない。日によっては誰にも会わないことさえあるほどだ。

千晶は器用に車椅子を操って、気の早い落ち葉を車輪で踏み敷きながら、街の一角をグルッとひと回りしてくる。

牧田家の前にさしかかると、無意識に門の中に視線がいってしまう。塀は古いままの煉瓦《れんが》塀だが、門だけは新しくなった。白い華奢《きゃしゃ》な鉄格子の門で、その奥の白い洋館にいざなうような優しいイメージがある。煉瓦のくすんだ色との対比もくっきりして、街の景観に楽しさを与えてもいた。

千晶がゆっくりと車輪を回しながら、失礼にならない程度に、門内に視線を送っていると、建物のポーチに人が現れた。

黒いワンピースに黒いカーディガンを羽織った、中年の女性である。痩せ型で、ひどく寒そうに肩をすくめながら、小走りにこっちへやって来る。玄関から門まではコンクリートで舗装されていて、彼女の靴音がカッカッと鳴った。

千晶はさりげなく視線を逸《そ》らし、門前を通過しようとした。

「あなた」

女性が呼んだ。千晶はドキリとしたが、すぐには気付かないふりを装って、車輪を回しつづけた。

「あなた、ね、ちょっとお待ちになって」

明らかに自分を呼んでいることが分かる。これ以上、とぼけ通すわけにはいかなくなった。

千晶はゆっくりと頭を巡らせて、門の向こうを振り返った。

女性は両手で鉄格子にとり縋《すが》るような恰好《かっこう》で、こっちを見ていた。顔色は鉄格子の白さより白く、目が異様に大きく、底無し沼のように黒く深い瞳《ひとみ》であった。

ずいぶん老けて見えるけれど、それは痩せこけているせいで、家政婦の川崎幸子の話のまた聞きによれば、年齢はまだ三十代なかばぐらいのはずだ。

「私ですか?」

千晶は笑顔を見せて、言った。

「ええ、あなた。たしかあなた、そこの橋本さんのお嬢さんでしょう?」

「ええ、そうですけど」

「いつもこの時間にお散歩なさってらっしゃるのね。窓から拝見してますのよ。わたくし、牧田の家内ですの」

夫人は「はじめまして」と小さくお辞儀をした。千晶も同じように頭を下げた。

「幸子さんに聞きましたけれど、あなた、名探偵なんですってね」

「あら、川崎さん、そんなことおっしゃったんですか？　いやだわ、そんなの嘘です」

「いいえ、そうじゃありませんでしょう。お父様の事件の時、警察もびっくりするような大活躍をなさったって、あのひと、言ってましたわ」

「困るわァ、そんな……」

千晶は赤くなった。照れもあったけれど、半分は本気で迷惑なことだと思った。しかし、牧田夫人が、これまで聞かされていたイメージや、外見の様子ほど、必ずしもビョーキらしくないことが意外でもあった。

「ご迷惑かもしれませんけど、ちょっとお寄りになっていただけないかしら？　ね、お願い」

言いながら、夫人は門扉の閂《かんぬき》を、慣れない手付きで苦労して外した。

その時、玄関のドアが開き、男が現れた。出勤するところなのか、きちんとしたスーツ姿である。こっちの様子を窺《うかが》ってから、大股《おおまた》に歩いて来た。

夫人は背中を向けたまま、その気配を察知して、「さ、どうぞ」と気ぜわしく手招いた。千晶は夫人の額《ひたい》に大粒の汗がビッシリ浮いているのを見て、切迫した危機感のようなものを感じ、反射的に、狭く開かれた左右の門扉のあいだに車椅子を乗り入れた。

「待ちなさい」

男が立ち塞《ふさ》がり、押し殺したような声で言った時、門扉は音を立てて閉じられた。

「勝手に入っちゃ困るな」

男は千晶を睨《にら》みつけた。

「失礼な、こちらはわたくしのお客様ですわよ」

夫人は甲高《かんだか》く叫んだ。

「この人、わたくしの夫、牧田ですの。ね、無礼な人でしょう。お気を悪くなさらないでくださいね」

「はじめまして、橋本と申します」

千晶の挨拶《あいさつ》を、牧田は完全に無視した。

「いいんですのよ、構わずにどうぞ」

夫人は車椅子に手を添えて、千晶の背中をそっと押した。玄関に近づくと、「幸子さん、幸子さん」と呼んだ。

川崎幸子は牧田を送り出したあとも、玄関の中から門の様子を見ていたらしい。オロオロしながら顔を出して、か細い声で「はい、何でしょう?」と言った。

「こちらのお嬢さんを、わたくしの応接間にお通ししますから、手伝ってちょうだい」

幸子は牧田に気兼ねしながら、消極的な態度を装って、車椅子が低い階段を上がるのに手を貸した。牧田は諦《あきら》めたようにガレージのほうへ行ってしまった。

「あの絨毯《じゅうたん》が汚れますから」

千晶は幸子を制して、言った。

「いいんですのよ。どうせ汚れきった家ですもの」

夫人はドアの外まで聞こえるような、引きつった声で言った。

慣れない幸子は、真っ赤になって、車椅子の扱いに苦労している。千晶は仕方なく、なるべく彼女の手を煩《わずら》わせないように操作して、絨毯の上に車輪を載せた。

玄関ホールの正面に大きな観音開きのドアがある。たぶんその向こうは広いリビングにでもなっているのだろう。牧田夫人はホールを右手へ向かった。目の前に立ち塞がる白いドアを開けて、「さあ、どうぞ、ここから先がわたくしのお城ですのよ」と言った。

ドアを入ると、夫人は幸子に「お茶を」と言って、車椅子を押す手を代わった。

部屋の広さは三十畳ほどだろうか。落ち着いたベージュに、見えるか見えないかぐらいの淡いピンクで花柄が描かれた壁。白い木枠の出窓。すべてが少女趣味といっていい。どうやら、門や建物を白いイメージで統一したのは、夫人の好みらしい。レースのカーテンを透《とお》して、窓の外に、門とその向こうの街の風景が見える。

「毎朝、あなたがお通りになるのを拝見してましたのよ。夏のさかりと、雨の日はがっかり」

夫人はまるで女の子が宝塚の男役に憧《あこが》れるような目付きをしたので、千晶はどう答えていいのか戸惑った。

夫人から視線を逸らした先に、飾り棚の上のブロンズ像があった。

「あ、これがあの……」と言いかけて、千晶は慌てて、「あら、かわいらしい」と言い換えた。

高さ三十センチほど、スラリとした裸体の立ち姿である。長い髪を首に巻きつけるようにして、俯《うつむ》きぎみに物想いに沈む顔の、ツンと尖《とが》った鼻が、いかにも少女らしく、可憐《かれん》でかわいい。

もっとも、川崎幸子はローレライだとか言っていたようだが、これは明らかに日本人の少女像であった。

千晶はブロンズ像が泣いていないか、足下の台座や、飾り棚の上のあたりを見たが、涙に濡《ぬ》れた様子はなかった。すでに幸子が拭《ふ》き取ってしまったのかもしれない。

「かわいいでしょう」

夫人は嬉《うれ》しそうに言った。穏《おだ》やかな口ぶりで、それを聞いているかぎりでは、とてもビョーキだなどとは思えない。

しかし、振り向いて、夫人の目ばかり大きい、瘦せた顔を見ると、やはり――という気になる。それにしても、額の汗のひどさはどうしたことだろう？

「あの、どこかお体が悪いのじゃありません？　汗をおかきになっていらっしゃるみたいですけど」

「ああ、これ？　なんでもありませんのよ。ただ、わたくし、たいへんな暑がり屋さんなものですから」

「でしたら、カーディガン、お脱ぎになればいいと思いますけど」

「だめだめ、脱げば風邪をひきますもの」

夫人は理屈にならないことを言った。しかし、自律神経失調症だと、そういうこともあり得るのかもしれない。

4

幸子がお茶を運んで来た。ドアが閉まる前に、遠くの部屋でピアノが鳴りだした。幸子は慌ててドアを閉めた。かなり防音効果のすぐれたドアらしいけれど、音はまだ、かすかに響いてくる。牧田夫人の額にサッと険悪な筋が浮いた。

テーブルの上に三つのカップが並び、ティーポットから順に、二度に分けて紅茶が注がれた。その様子だと、幸子もこの席に加わるらしい。彼女が何の不思議もないような顔でそうするのを、千晶は怪訝《けげん》に思った。これまでの経過からは、夫人がそれを許したようには見えなかったのだ。

紅茶を注ぎ終えると、幸子は真先に砂糖とミルクを入れ、さっさと口に運んだ。ひと口ふた口と啜《すす》って、黙って頭を下げ、「失礼いたします」と言ったかと思うと、自分の飲んだカップだけを持って、部屋を出て行ってしまった。

(お毒味なんだわ――)

千晶はようやく事態が理解できた。

夫人はすました顔で紅茶を飲み始めた。もう長いこと、これが彼女たちの習慣になっていたにちがいない。

「やかましいでしょう？」

夫人は眉《まゆ》をひそめて言った。

「は？」

「ほら、あのピアノ。下手くそなのに、臆面《おくめん》のないこと……ね？」

ショパンのエチュードか何からしい。夫人が言うほど下手くそでもなく、苦になるような音量でもなかったが、無理やり同意を求められて、千晶も仕方なく「はあ……」と言った。

「どなたがお弾《ひ》きになっていらっしゃるのですか？」

訊《き》かなくても分かっているけれど、いきがかり上、訊かないわけにはいかないような気がした。

「女ですよ、お・ん・な……主人のね」

夫人は言って、けたたましく笑った。

「こんな話、お嬢さんにはご迷惑でしょうけれど、でも、聞いていただきたいの。ね、いいでしょう？」

顔を寄せるようにして、切実な目の色になっている。

千晶は、メデューサの顔を見たように、体を固くして、頷《うなず》いた。

「じつはね、主人がね、あの女のために、わたくしを殺すのですよ」

「そんな……」

「おかしなことを言う女だとお思いでしょうけれど、これはほんとの話。わたくしはいつかきっと、殺されますのよ。そのことを、まず信じていただきたいの」

反発を認めない、容赦《ようしゃ》ない表情を見せた。千晶は正直なところ、不気味でもあり、迷惑でもあったが、反面、夫人の話を聞きたいという好奇心もはたらいた。

「ええ、信じることにします」

「ありがとう。やっぱり思ったとおりでしたわ。あなたならきっと、わたくしの味方になってくださると思ったの」

「いいえ」

千晶は断固、首を横に振った。

「味方になるかどうか、私はまだ決めてはいません。あなたのお話をお聞きして、それから考えることですから」

夫人はややたじろいたが、すぐに笑顔になった。

「そうね、それは当然のことですわ。だからこそ、あなたは信用できる方なのですもの。でも、わたくしが主人に殺されるという前提だけは信じてくださいね」

「ええ、少なくとも、あなたがそう信じていらっしゃることは信じられます」

「ほほほ、あなたってほんと、頭のいい方ですのね。でもね、わたくしの言うことが立証される時には、もうわたくしは死んでおりますのよ。それでは遅すぎるっていうこと、分かっていただけないかしら？」

「それは分かります。でも、もし現実にそういう危険性がおありでしたら、どうして警察に届けないのか、そこのところが分かりません」

「警察はだめ。あなた、警察はあてになりませんよ。こんな話を持ち込んだって、頭がおかしいんじゃないか——ぐらいの応対しかしてくれませんもの。警察は何かが起こってから、はじめて動きだすの。わたくしの死体を見せてから、さあ、なんとかしてよ、なんて言いたくありませんわ」

「でも、あなたがそんな心配なさるのには、何かそれなりの理由がおありなんでしょう？　それを言えば、きちんと応対してくれると思いますけど」

千晶は河内《かわち》警部補のことを思い浮かべながら、言った。無意識に警察の弁護をしているのかもしれなかった。

「理由？　理由は充分すぎるくらいありますわ。ありますけど、事実というのがね。

たとえば、ナイフを突きつけられましたって、いくらそう言っても、証拠となる事実を見せることはできないわけでしょう？　毒を飲まされたって言えば、多少は真剣に考えてくれるかもしれないけど、それだって、飲まされたのか自分で飲んだのか、立証するのは難しいわね。なにしろ、その時はわたくしはものも言えぬ物体になっているのですもの」

ものすごいブラックジョークを言っているのに、ニコリともしない牧田夫人は、その瞬間だけ、むしろ魅力的にさえ見えた。

「それで、あなたがそんなふうにお考えになる徴候っていうのかしら、それはどんなことなんですか？」

千晶は夫人を真似たような、平板な口調になって、言った。

「殺気《さっき》っていうでしょう。あれですわね。感じるんですよ、殺意を」

「…………」

「信じてくれてないお顔だわ。でもまあいいでしょう。じゃあ、わたくしの猫が、毒を飲んで死んだのはどうかしら？」

「えっ？　そんなことがあったのですか？」

「ええ、ありましたわよ。ウッシーっていう、白くてかわいい猫だったんですけどね、キッチンにあったスープの残りを上げたら、急に泡を吹いて、すぐに……」

「ほんとなんですか？　そんなことがあったのなら、警察だって取り上げてくれるのじゃありませんか？」

「だめだめ、主人がね、殺鼠剤《さっそざい》を入れたって言うんですのよ。引っ越してきた当時、庭に野鼠《のねずみ》が出たもので、それ用のパンを作るところだったって」

「ほんとなんですか？　それ」

「嘘っぱちですよ、そんなこと。第一、主人がそんなことをするものですか。あの女がやったに決まってます」

「じゃあ、その頃から、もう、その、女の方、いらしてたんですか？」

千晶は口ごもりながら訊いた。

「ええ、そうなんですよ。だってあなた、最初はね、新しいお手伝いだとか……下品だけど、若くてちょっといい顔をした女だなって、気にはなったんですけどね。でもね、料理もろくすっぽしないし、じきにボロが出て。なのに、出ていこうともしないんですからねえ、驚くでしょう」

「ええ、ええ……」

千晶はほんとうに驚いてしまった。

「その時は、ウッシーが身代わりになってくれたお蔭《かげ》で命拾いしましたけど、それからは恐ろしくて、食べる物もろくに喉《のど》を通らなくなりましたのよ。このままでは、殺される前に餓死してしまうと思って。そうなるのが、あいつらの狙《ねら》いかもしれないじゃありませんか。それで川崎さんに来てもらうことになって……」

「それで、あの、殺鼠剤のほかには何があったのですか?」

千晶はとにかく、話の先を聞いて、早くこの家を逃げ出したくなった。

「それから蛇ですよ」

夫人は蛇のように目を細くして、千晶を見つめながら、言った。

「蛇?」

「ええ、毒蛇。なんていうのか知らないけれど、毒蛇ですよ、あれは」

「その毒蛇がどうしたんですか?」

「わたくしの寝室に、夜、入ってきたの」

夫人はその時の恐怖を思い出したのか、額に汗を浮かべながら、両肩を抱くようにして震え上がった。

「そこの寝室のドア」

夫人は奥の寝室へのドアを指さした。

「部屋を空ける時と夜は必ず鍵《かぎ》をかけておくものだから、蛇を使って殺そうとしたのね。ほら、イギリスかどこかのミステリーに、そういうのがあったでしょう」

「『まだらの紐《ひも》』ですか？」

「そうそう、まさにあれですよ、あれ。幸い早くに気がついて、追い出したからいいけれど、眠っていたらやられていたでしょうね、きっと。でも、ほんとに恐ろしいと思いましたよ。人間の侵入するのは鍵を掛ければ防げますけど、蛇はね、どうしようもありませんものね。それで、わたくし、お部屋の温度をいつも冬なみにしておくことにしましたのよ。蛇もサソリも、寒さに弱いでしょう」

夫人は勝ち誇ったように言った。

5

「あの、それで、私にいったい何をしろとおっしゃりたいのですか？」

千晶はいつまでも牧田夫人の奇矯《ききょう》にお付き合いしている気にはなれなくなってきた。余計なことに首を突っ込んだという後悔の念も湧《わ》いた。牧田家のいざこざが、かりに夫人の言うように危険な要素を内包しているとしても、所詮《しょせん》は夫婦喧嘩《げんか》の延長みたいなものなのだ。

「ですからね、あなたに、あいつらの悪事を見抜いていただきたいの」

夫人が「あいつら」と言ったのは、これが二度目だ。ほとんど上品な言葉遣いをしている中に、まったく異質なそういう言葉が放り込まれると、御飯の中の小石を嚙《か》んだ時のような、頭までひびく不快感がある。

「そうして、対策を教えていただきたいと思って」

「対策だなんて……私なんかより、あなたご自身がお考えになるべきことだと思いますけど」

「それはね、わたくしなりに考えて、川崎さんに頼んでお毒味をしてもらったり、クーラーを……」

「そういうことでなく、つまり、たとえば、いっそ、ご主人とお別れになってしまったほうがいいとか」

「だめですよ、そんなことは」

夫人は言下《げんか》に言った。

「ここの土地も家も、本来はわたくしの財産ですのよ。牧田はわたくしの父が拾ってやって、たまたま会社を引き継いだだけの能なしなんですからね。それでも別れるなんていえば、膨大な慰謝料を要求するに決まっていますｏ冗談じゃありませんわよね」

「でも、女の方を引き込んだとか、そういう事情を訴えれば、有利に別れることができるのじゃありませんか？」

「そう簡単にいかないんですよ。牧田の知り合いの医者が来て、精神鑑定だとかやって、わたくしを禁治産者扱いにしようってことになったらしいのね」

「まさか……」

「いいえ、ほんとうのことよ。それどころか、もう少しで病院に入れられそうだったのだけれど、父が生きている頃から診てもらっているお医者様が、そこまですることはないだろうって言ってくださったの」

「そのお医者さんに力になっていただけないのですか？」

「医者同士の仁義みたいなものがあって、それはできないのじゃないかしら」

（どうかなあ――）と千晶は思った。ひょっとすると、あとの医者も、ひそかに夫人の精神状態を疑っているのではないだろうか。

「それで、仕方がないものだから、今度はわたくしの部屋をひっくり返して、ハサミだとか、ナイフだとか、危険な物をみんな取り上げてしまったわ。事故があるといけないからとかなんとか言ってるけれど、それは嘘ね。わたくしが自殺なんかしっこないって、主人はよく承知してますもの。ほんとうはね、主人は、わたくしを殺しに来た時、刃物を振り回して抵抗されるのが怖いのですよ」

（これは完全に被害妄想だわ——）

千晶は夫人の指先が小刻みに震えているのを見つめながら、言った。

「分かりました、ほんとにひどい状態におかれているんですね。でも、いまは私にはどうすればいいのか、考えつきません。何かお力になれる方法を考えて、明日、またお邪魔します」

「ほんとう？　まあ嬉しい。やっぱりあなたは頼りになる方だって思いました」

夫人の目が、無邪気にパッと輝いた。まるで、幼児が母親に対するように、夫人は本気で、全幅の信頼を自分に寄せているのだ。そのことが分かって、千晶は、当座しのぎの外交辞令で、来る気もないのに「明日」などと言ったことが、恥ずかしくなった。

（だけど、いったい何をして上げることができるというのだろう？——）

千晶は、牧田家の門を出ながら、自分に言い聞かせるように、思った。

（そうよ、これから先は、医者が言うように、本来は病院の領域なのよ。だって、夫人は病気なのだもの——）

前方に駐車しているブルーのＢＭＷのドアが開いて、牧田が下りてきた。

「さっきはどうも」

腰をかがめるようにして、車椅子のゆくてに立ち塞がった。

逃げるわけにはいかない。千晶は体を固くして、牧田の顔をじっと見据えた。

「妻は何を言ったのですか？」

「…………」

「殺されるとか、そういうことを言ったのではありませんか？」

案外、たんたんとした口調だった。もうすっかり慣れっこになっている——という印象だ。

「ちがいますか？」

「そうです、そうおっしゃいました」

千晶は思いきって言った。

「やっぱり……」

牧田は眉根《まゆね》に深い皺《しわ》を寄せて、長嘆息《ちょうたんそく》を洩《も》らした。

「もちろん、あなたはそんなことは信じる気にもならなかったでしょうね」

「さあ、どうでしょうか。それは分かりませんわ。ただの冗談で、あんなことをおっしゃるとは思えませんもの」

「妻は狂っているのですよ、許してやってください」

「でも、そんなふうには見えませんでした。おっしゃることもしっかりなさってますし」

「まさか……」

「でも、奥様の猫が死んだのは事実なのでしょう?」

「あれは殺鼠剤の入ったスープをやったからですよ。不幸な偶然が重なったことはたしかだが、直接、スープを飲ませたのは妻ですからね。むしろ妻の過失と言ってもいいくらいなのです」

「じゃあ、寝室に毒蛇が入ったのも、不幸な偶然ですか?」

「毒蛇? はは、冗談じゃない。あれはただの青大将ですよ。この土地の主みたいなものじゃないかな。いつのまにか家の中に棲《す》みついたらしい」

牧田はほとほと参った——と言わんばかりに、笑っている。その顔を見ていると、千晶はますます気が滅入《めい》ってきた。

ものはずみのように、つい口からこぼれ出てしまった、約束の「明日」がやってくるのを、千晶は夢の中で思い出し、そのつど、目を覚ました。

鼠と蛇の夢を交互に見た。目覚めている短い時間、鼠がいれば、そこには蛇がいるんだわ——と、つまらない考えが頭を過《よぎ》り、すぐにまた眠りに落ちた。

6

翌朝、公江の声で起こされた。千晶にしては珍しい寝坊だ。

「雨、降っていないかしら？」

真先に、期待を込めて、訊いた。

「いいえ、いいお天気ですよ」

公江は情け容赦なく、カーテンを開けた。壁に斜めに陽が当たって、眩《まぶ》しく反射した。空がむやみに明るい。

「なんだか顔色がよくないみたいですよ。具合でも悪いのですか？」

「いいえ、そうじゃないけど……」

公江には昨日の出来事は話していない。公江のほうも、まだ川崎幸子と会っていないらしい。

「でも、散歩、やめておこうかな」

「あら、やっぱり気分、よくないんですか？　ちゃんと言ってくださいよ」

心配そうに顔を覗きこまれて、千晶は苦笑した。

「そうじゃなくて、ただのズル休みしようかと思って」

「はあ、どうなさったのかしらねえ？　はじめてですよ、そんなこと」

「はいはい、出掛けますよ」

少し投げやりに言って、着換えを始めた時、いきなりサイレンの音がいくつも聞こえ、すぐ近くまで接近しては、つぎつぎに鳴りやんだ。

千晶はドキッとした。

「どこかしら？　牧田さんのお宅のほうじゃない？」

「そうみたいでしたわね」

「ええ」

公江も気になったらしい。掃除用具をほっぽり出して、小走りに出て行った。

千晶が身支度を整えて、車椅子に乗ってリビングに出た頃、公江は慌ただしく戻って来た。

「やっぱり牧田さんのお屋敷でしたよ。パトカーが三台停まっていて、門の前におまわりさんが出て、ロープを張って中に入れてくれないんです。何かあったみたいですけど、何でしょう?」

まるで幽霊を見たような顔であった。

「行ってみます」

千晶は車椅子をドアの外へ向けた。

「よしたほうがいいですよ、関わり合いにならないほうが」

「じっとしていても、どうせ警察は調べに来るわよ。公江さんはあのお宅の川崎さんと親しいわけだし」

「え? ほんとに来るんですか? いやですねえ、親しいっていったって、私は何も知らないですよ」

そう言いながら、公江の表情は落ち着かなくなっていた。

結局、公江も車椅子を押して、牧田家の前までついて来た。繁華街ほどではないけれど、もう野次馬が集まりだしていて、千晶の低い視点からでは、門内の様子を見通すことができなかった。

新たにパトカーと、陰気なグレーのジープのような車が到着して、作業服を着た係官が屋敷内に入って行った。

「あれはたぶん、鑑識の人たちね」

千晶は小声で公江に言った。

「奥さんが自殺したらしい」という声が、野次馬の中から聞こえてきた。

「帰りましょう」

千晶は車椅子を方向転換させた。

「やっぱり、亡くなったんですね」

車椅子の後ろを押しながら、公江は震え声で囁いた。千晶ももちろんショックだった。昨日、自分の目を覗き込むようにして喋っていた、あの牧田夫人の顔が、まざまざと思い浮かんだ。

悲しいと思うには、付き合いが浅すぎたけれど、驚きという意味では、記憶があまりにも新しいだけに、強烈だった。

しかし、ショックの中で、千晶の胸のうちにはそれを上回るような好奇心が頭をもたげていた。

橋本家には、それから一時間足らずで、刑事が二人やってきた。どちらも若くて、あまり経験もなさそうだ。

公江はてっきり自分を訪ねて来たものと思って、オロオロしていたが、刑事の目当ては千晶だった。

「牧田さんの奥さんが亡くなりましてね」

玄関先で、無表情に切り出した。

「自殺なさったんですか？」

「ほう、どうして自殺って分かるんです？」

「さっき、門の前で野次馬の人が言ってましたけど」

「なるほど、しかし、目下調べ中です」

「じゃあ、殺された可能性もあるのでしょうか？」

「分かりませんよ」

「でも、こうして聞き込みにいらっしゃるのですから、他殺の疑いも強いのじゃありませんか？」

「いや、そうとは言えません。一応、所定の手続きのようなものですから」

「あの、牧田さんの奥さん、どういう死に方だったのですか？」

「あんたねえ……」

刑事は眉をしかめた。

「質問するのはわれわれのほうなんだから、少し黙っていてくれませんか」

「すみません」

千晶は、首をすくめ、あやうく舌を出しそうになった。

「おたく、昨日、牧田さんの奥さんと会ったそうですが？」

「ええ、お会いしました。朝、散歩の途中、お寄りしたんです」

「だそうですな。奥さんとは、前から親しいのですか？」

「いいえ、はじめてお目にかかったんです。あちらは、私が散歩するのを見ていらしたそうですけど」

「そのようですね。あそこの家政婦さんに、おたくのこと、訊いていたそうですよ。それで、奥さんのほうから誘ったとかいう話ですが、間違いありませんか？」

「ええ」

「その時の様子ですがね、奥さんはどんな様子でした？」

「どんなって言いますと？」

「たとえばですね。自殺を匂《にお》わせるような感じがあったとかですね」

「いいえ、ぜんぜん。それより、殺されるかもしれないっておっしゃってました」

「そういう話をしたのですか？」

「ええ、あちらから出たお話ですけど」

千晶は刑事に訊かれる以上に積極的に、昨日の牧田夫人とのことを話した。殺鼠剤で猫が死んだ話や、「毒蛇」の話に、刑事は「ほう」とか「ふーん」とか、適当に相《あい》槌《づち》を打ちながら、しきりにメモっていた。

7

刑事はそれっきりやって来なかった。その日の夕刊には社会面にほんの小さく、

「会社社長夫人自殺」という見出しで、記事が載っていた。

――けさ八時頃、渋谷区西原〇丁目の牧田精機株式会社社長・牧田良二《りょうじ》さん（46）宅で、夫人の美登子さん（37）が首を吊《つ》って死んでいるのを家人が発見して警察に届け出た。美登子さんは日頃からノイローゼぎみで、発作的に自殺を図ったものとみられる。

「これっぽっちなのね」

千晶は憮然《ぶぜん》として言った。人間の死を事務的に表現すると、たったこれだけの文章にしかならないのだ。

「やっぱり自殺なさったんですかねえ」

公江はなんとなく割り切れないような言い方をした。

「新聞がここまではっきりと『自殺』って書いているところを見ると、警察はそう断定したってことでしょうね」

千晶は言ったが、本心は公江以上に腑《ふ》に落ちていない。

「幸子さんは警察にどう言ったのかしら。牧田夫人に言われたことは、黙っていたのかしら？」

「言われたことって、あれですか？　もし死んでいたら、殺されたのだっていう」

「そうよ、そのこと。私も刑事さんに言ったのだけど、あまりまともに聞いてなかったみたい」

「やっぱり、ご病気だったのですよ」

「そういうことなのかしらねえ」

とにかく、情報不足では憶測《おくそく》することすらできない。その情報を三日後、公江が仕入れてきた。

「ゆんべ川崎さんに会いましたよ」

朝、いつもより早く現れて、鬼の首でも取ってきたように言った。

「川崎さんは、ちゃんと奥様の言ったとおりに警察に伝えたのだそうです。警察も根掘り葉掘り質問をして、『分かりました』って言ったくせに、お昼過ぎに新聞に発表した時には『自殺』って言ったみたいです。昨日でクビになって、退職金もろくすっぽ出ないって、プリプリ怒ってました」

「そうなの、お気の毒……でも、警察もずいぶん早くに自殺の結論を出したものねえ。そんなにはっきりした状況だったのかしら？　ねえ、はじめに牧田夫人が亡くなっているのを発見したのは、もちろん川崎さんだったのでしょう？」

「ええ、そう言ってました。朝、七時頃に伺《うかが》ったんですけど、いつもならとっくに起きていらっしゃるはずの奥様の姿が見えないので、おかしいなとは思ったそうです。ひょっとして体の具合でも悪いのじゃないかって、気にはなったのですけど、まだ早いし、前に一度、お起こしして叱られたこともあって、それで、お掃除を始めて、あとは寝室しか残っていないので、それでようやく声をお掛けしたのですって」

「それで？」

「いくら呼んでもお返事がないので、ドアを開けてみたら、奥様が鴨居《かもい》からぶら下がっていらしたって……」

「ちょっと待って。ドアは開いていたの？」

「ええ、開いていたんですって」

「いつも、眠る時は鍵をかけるって言ってたわよ」

「そうなんですよ。ですからね、ドアが開いた時からもう、なんだかいやな予感がしたって言ってました」

「おかしいわね……」

千晶は猛烈な好奇心の虜《とりこ》になった。このまま放っておけない気分だった。

電話機を膝《ひざ》の上に載せ、久し振りで河内の直通番号をプッシュした。

「よお、珍しいね、元気かい？」

河内は例によって疲れぎみの声で言った。

千晶は三日前の「事件」のことを話した。河内はその事件のことは知らなかった。

河内のいる東大和《ひがしやまと》署は都内二十三区とはまるで管轄が違うし、取っている新聞によっては、そんなちっぽけな事件など掲載すらしないものらしい。

河内は「ふん、ふん」と、あまり熱がなさそうな合いの手を入れながら、それでも最後まで、千晶の話と注文を聞いてくれた。

「要するに、事件の状況を調べればいいんだね。それと、自殺と断定するにいたった理由か。分かった、夕方まで待ってくれ」

あっさり引き受けたくせに、夕方どころか、公江が引き上げる七時を過ぎても、河内からの連絡はなかった。

「もうちょっと待ってみます」と粘った公江が、諦《あきら》めて引き上げようとした八時過ぎ、玄関のチャイムが鳴った。

「悪い悪い、警視庁まで行って、詳しく調べていたもんだから、すっかり遅くなっちまってさ」

陽《ひ》が落ちると、涼しすぎるほどの秋風が立つというのに、河内の浅黒い額には、ふつふつと汗が浮いていた。いっこうに肉づきがよくならない頰《ほお》のあたりを見ても、胃の調子は相変わらず思わしくないにちがいない。

「警視庁まで行ってくださったんですか？　すみません」

千晶は事情も知らずに、公江に「遅いわねえ」などと愚痴っていたことを恥じた。

「いろいろ訊いてみたが、あれはどうも、間違いなく自殺のようだね」

河内は応接室のソファにへたり込むと、大きく息をついて、言った。

「それとも何か、千晶ちゃんがそんなことを言うからには、他殺の疑いでもあるのかな？」

「いえ、そういうわけじゃないけど……」

千晶に確証があるわけではない。

「まあ、牧田夫人のノイローゼというのは、かなり以前からのものでね、医者の話によると、被害妄想って言っていいくらいまで、相当、進行もしていたみたいだな。とにかくね、お手伝いに毒味をさせて、それでもまだ怖がって、ろくろく飯も食わないなんてのは、自殺しなくても栄養失調で死んでしまうだろうとかいう話だった。それにひどい不眠症でね、夕食後すぐに、必ず睡眠薬を服用していたそうだ」

「えっ？　睡眠薬を飲んでいたんですか？」

「ああ、血液中から検出されているよ。たぶん、最後は睡眠薬を飲みすぎて、意識が混濁した状態で首を吊ったんじゃないかという説もある」

「でも、牧田夫人はお毒味をさせるくらい、すっごく用心深い人でしょう？　そんな、睡眠薬を飲みすぎるなんてこと、するものかしら？」

「ああ、それはたしかに意外だけどね。とにかく睡眠薬を飲んでいたことは事実らしい。家政婦も証言している。胃を荒らすといけないからと言って、食後すぐに飲んでいたのだそうだ。ゆっくり効くタイプの種類で、しかもカプセル入りのやつでね。胃ではなく、腸に入ってから効いてくるように――というのがその理由だとか言っていた。ほんとかどうか、怪しいものだけど、そういうところも病的に神経質だったのだろうな」

「食事は何時頃なのかしら？」

「七時頃に食事をして、九時頃には寝てしまうそうだ」

「九時までの間はどうしているのかしら？」

「睡眠薬が効いてくるまでは、みんなとダイニングルームでテレビを見ているのだぞうだよ。八時前には家政婦が帰って、それからもしばらくのあいだは、ダイニングルームで頑張っていたらしい」

「頑張って……ですか？」

「ああ、おかしな話だけどさ、亭主の言うには、夫人はそうやって、自分が一家の主婦であることを誇示したかったのだろうってね」

「かわいそう……」

「とにかくそうやっていて、そろそろ眠くなったな――と思うと、『おやすみ』と言って自分の部屋へ引き上げる。それが判で捺《お》したように、ほぼ八時半頃で、それから以後は、ダイニングルームに出てくることはないし、誰も部屋には近付けないことになっていたようだ。そういう規則正しさも異常といえば異常だなあ」

河内は警察が下した「自殺」の結論を支持するような口振りだが、千晶はまだ釈然としない。

「そうだわ、亡くなったのは何時頃なんですか？」

「部屋が異常に冷えていたので、若干、問題がないわけじゃないけど、まあ、真夜中頃じゃないかということだった」

「首を吊ったのは、紐？　それともロープかしら？」

「腰紐だよ。なんとかいう、丈夫な紐だそうだ。そうそう、それ以外には、刃物だとか、そういう危険な物は気をつけて、手元に置かないようにしていたらしいがね。腰紐までは注意が回らなかったということだろうけど、しかしまあ、自殺する気になれば、どんな方法だってあるからねえ。所詮、止めようがないよ」

河内が結論づけるようにそう言うと、お茶を出したまま、二人の傍《そば》で話を聞いていた公江も、ようやく帰る踏ん切りがついた。

「じゃあ、私はこれで失礼します」

「ああ、私も帰りますよ」

河内も立ち上がった。

二人を送って玄関まで出て、千晶はふと思いついて言った。

「そうだわ、公江さん、あれはどうだったのかしら？　ほら、ブロンズの少女。少女はその朝も、やっぱり泣いていたのかしら？」

「は？」

「え？」

公江と河内は、同時に振り向いた。

8

川崎幸子の家は電車で二つ先の駅である。電話番号を探すより、会って話を聞いてきますと、公江は駅まで走って行った。

千晶と河内はもういちど応接室に戻って、公江からの電話を待った。

三十分もかからずに、電話が入った。

「川崎さんと代わります」

公江は意気込んで言っている。何か収穫があった気配だった。

幸子は「先日はどうも」と長々と前置きで千晶をじらしてから、「ほんとうにびっくりいたしました」と言った。

「いえ、公江さんから、お嬢さんがブロンズ像が泣いていたかどうかって、そうおっしゃっていらしたとお聞きして、どうしてそのことをご存じなのかって……」

「あの……」

千晶はまだるっこさに耐えきれず、思わず口を挟んだ。

「それで、結局、ブロンズ像は泣いていなかったのじゃありませんか？」

「そうなんですよ。あの朝にかぎって、ブロンズ像は泣かなかったのです。飾り棚の上を見て、涙の跡《あと》がないもんですからね、私はかえって、なんだかいやな予感ていうんですか、そういう……」

センテンスの長い話が、まだまだ続きそうだった。

「分かりました、どうもありがとう。公江さんによろしく言ってください」

千晶は一方的に言って、邪険《じゃけん》に受話器を置いた。興奮で胸が高鳴るのを感じた。

「河内さん、やっぱりブロンズ像は泣かなかったんですって」

「うーん……しかし、そのことが何か？」

「だって、おかしいじゃないですか。それまでずっと、毎朝、毎朝ですよ、必ず泣いていたブロンズ像が、その朝にかぎってどうして泣くのをやめてしまったのかって」

「いや、そもそも、ブロンズ像が泣くっていうのがだねえ……それ、千晶ちゃん、本気で言ってるのかい？」

「もちろん本気ですよ」

「じゃあ、川崎とかいう、そのお手伝いさんの言うことを、丸々、信じているんだ」

「ええ、信じてます。だって、そんなことで嘘をついたって、しようがないじゃありませんか」

「だけどさ、そんな怪談ばなしみたいな話をだよ、真面目に信じるっていうのがさ、ちょっとどうかと思うがねえ」

「じゃあ、河内さんは、そういうことは絶対にありえないって思います？」

「ああ、思うね。そりゃ、たまたま、水をこぼしたのをうっかりしていたとか、そういう原因があればべつだよ。しかし、毎日毎日、ブロンズ像のところだけが涙……というか、とにかく濡れているというのは、どう考えたってありえないよ。それとも、千晶ちゃん、その理由を説明できるのかい」

「ええ、たぶん説明できると思うわ」

千晶はいきなり車椅子を走らせた。ドアを出て、廊下をドンドン急ぐ。河内も慌ててついてきた。

キッチンに入り、冷蔵庫を開けてジュースのビンを出して、テーブルの上に載せた。

「いい、じきに泣き出しますからね」

ビンの表面にはたちまち結露が生じて、流れ落ちた雫《しずく》で、テーブルの上に水溜《みずた》まりができた。

「ほら、ビンが泣いたじゃないですか」

「ばかばかしい……」

河内は呆《あき》れ顔で言った。

「そんなことは、わざわざ実験してみせなくたって、私にも分かるよ。それとブロンズ像と、どういう関係があるっていうの？」

「関係は大ありですよ。つまり、ブロンズ像も同じようにして涙を流したっていうことだわ」

「ブロンズ像を冷蔵庫に入れたっていうのかい？」

「そうじゃないけど、冷蔵庫みたいに冷えきった部屋に入れてあったのよ。毒蛇が入らないように冷やした部屋」

「ああ、牧田夫人が目茶苦茶にクーラーをかけていたということだけど、その部屋のことなのかい？」

「ええ、そう。夫人は夜、寝る時に、ブロンズ像をベッドの枕元《まくらもと》に置く習慣だったにちがいないわ」

「どういうことだい、それ？」

「護身用ですよ。だって、ほかは、ナイフもハサミも、危険だからという口実で、みんな取り上げられちゃったのでしょう？　身を守る物といったら、ブロンズ像ぐらいしかないじゃありませんか」

「…………」

「そうして、朝になると、夫人は誰にも気づかれないうちに、ブロンズ像をそっと元に戻しておいたのね。最後の武器まで取り上げられちゃたいへんですものね」

「うーん……」

河内は唸《うな》った。

「なるほど、それで朝になると、ブロンズ像が結露していたというわけか……しかし、それはいいとしてだよ、自殺した日にかぎって泣いていなかったというのは、どういうわけなのだい？」

「それはもちろん、夫人が前の晩、寝室に像を運び入れなかったからに決まっているじゃないですか」

「うん、それはそうだが……どうも、私には千晶ちゃんの言おうとしている意味が、いまいち、飲み込めないなあ」

河内は残念そうにかぶりを振った。

「だって、そのこと、ずいぶんおかしいと思いません？」

千晶も悲しそうな顔になった。

「それまで、何十日もきちんと続けてきた習慣を……それも、自分の身の安全を守るという重大な習慣をですよ、その日にかぎってやめてしまうなんて。絶対、へんですよ」

「じゃあ、そのへんなことを、牧田夫人がなぜやらかしたのか、千晶ちゃんは推理したっていうわけだ」

「ええ、たぶんこうだと思うんですよね。つまり、夫人は寝る時間には、すでにブロンズ像を寝室に運び入れることができない状態だったということ」

「ん？　つまりそれは、すでに死亡していたってことかい？」

「そうじゃないわ。死亡推定時刻は午前零《れい》時前後なんでしょう？　それは動かせないと思うの。夫人が寝る時間は、大抵、午後九時頃だったみたいだから、いくら誤差を見込んでも、その時点で亡くなっていたとは考えられないわ」

「そうだよ、そのとおりだ」

「でも、睡眠薬を飲んで、眠っていたことはありうるでしょう」

「まあ、それはないとは言えないかもしれない。事実、自殺した時には、意識が混濁状態にあった可能性がある——という判断も出ているくらいだしね。しかし、それこそ用心深い牧田夫人が、そんなヘマをするということのほうが、むしろおかしいわけで……」

「そうですよ、河内さんのおっしゃるとおりだわ。警察はどうしてそういうところをあっさり見逃しちゃうのかしらねえ。ほんとばかみたい」

「おいおい、私だって、これでも警察の一員なんだけどなあ」

「あ、ごめんなさい。でも、河内さんはべつですよ」

「まあいいさ。それより、そこのところ、もうちょっと分かるように説明してくれないかな。何が言いたいのかさ」

「私が言いたいのは、牧田夫人は護身用のブロンズ像を枕元に用意することもできないまま、眠らされてしまったということなの。夫人は胃をわるくしないように、ゆるやかに効く薬を使っていたはずですよね。でも、その晩は早く効く薬を飲まされて、いつもどおりに、眠くなったから、そろそろ寝室へなんて余裕もなしに、その場で意識を失ってしまったのね。その時刻は午後八時前後」

「ちょっと待ってくれよ。そんなに簡単に決めつけられないよ」

「でも、殺人事件であることははっきりしていますよ。とにかく、睡眠薬の効き目がどうだろうと、眠ってしまう前にブロンズ像を運んでいないっていうことは、夫人が自分の意志に関係なく眠った……つまり、眠らされたということの、何よりの証拠ですもの」

「うーん……」

河内はまた唸った。

「まあ、確かに仮説としてはだねえ、そういうことも考えられないことはないかもしれないけどさ。しかし、どうも、ブロンズ像が泣いたとか、そういうことでは、犯罪があったことを立証しようがないからなあ……」

「だから、とにかく現場を保存して、もう一度、しっかり実況検分をしてもらったらどうかしら？　それとも、もう手遅れかなあ」

「いや、それはまだ大丈夫のはずだよ。一応はね、自殺の結論を出したけれど、現場は十日間ぐらいは封印してあるそうだ。さっきも言ったように、部屋の温度が異常に低かったからね、そこに何か作為があるんじゃないかって、所轄の主任が押さえているらしい」

「だったら、すぐに調べ直してもらってくださいよ」

「そうは言うけどねえ、所轄違いの、しかもたかが警部補の私がしゃしゃり出ても、どうしようもないだろうなあ」

「それじゃ、提案だけしたらどうかしら」

「提案て、何を？」

「睡眠薬のビンですよ」

「ああ、指紋とかそういうことだったら、とっくに調べがついているよ」

「そんなんじゃなくて、中身ですよ。中にはまだ薬の残りが入っているんでしょう？　その残りのカプセルの中身ですけど、警察は睡眠薬の成分を全部について調べたのかしら？」

「どうかなあ……訊いてみようかね」

河内はいくぶん薄気味悪そうに、チラッと千晶を見てから、電話に向かった。相手が出ると、河内はひと言ふた言、質問をして、首を横に振った。

「全部は調べてないって言ってる」

「だったら、それをぜひ調べるべきだわ。必ず、速効性の睡眠薬のカプセルが混じっているはずです」

河内は困った顔をしたが、仕方なさそうに言われたとおり、喋った。しかし、存外、先方は好意的に受け入れてくれた。

「早速、分析をしてみるそうだよ。結果は明日にも出るだろうと言っている」

河内は受話器を置いて、「ほうっ」と太い溜《た》め息をついた。

9

次の日の午後、河内は自分よりずっと若い男を連れてやってきた。この事件を担当する所轄署の警部補で、「香川《かがわ》」と名乗った。

「いやあ、驚きました。河内さんに聞いて、早速、成分検査をやってもらったところ、まさにあなたの言われたとおり、速効性の強い睡眠薬を入れたカプセルが混入しておりましてね。もちろん、致死量にはほど遠いが、睡眠効果は強力です。それで、もっと詳しい事情を河内さんにお訊きしようと思ったら、あなたに直接、話を聞いたほうがいいと言われまして、そういうわけで、お邪魔したような次第です」

香川警部補は長い前置きを言ってから、

「ざっくばらんにお訊きしますが、橋本さんはこの事件を殺人事件だとお考えなのですね？」

「もちろん殺人事件ですわ。そうやって眠らせておいてから、自殺に見せ掛けて吊《つる》すっていう作業は、可能なんでしょう？」

「それはまあ、可能でしょうね。分かりました、いいでしょう。じつは、われわれのほうでも、まったくそのセンでの捜査をしていないわけではないのでして。たとえば、動機については先日来、いろいろな情報を得ております。動機については、はっきりクロの可能性があると言ってもいいでしょう」

警部補は大きく頷いて見せた。

「しかし、問題は犯行がどのように行われたかという点です。牧田夫人はきわめて用心深い人だったようで、夫人の寝室に出入りすることができるのは、川崎幸子という家政婦だけで、それも、夫人が在室の際にかぎるというのが実情だったそうです。まあ、その件については、川崎さんの供述を信じるしかないわけですがね。しかし、どうも疑う余地はなさそうだというのが、目下のわれわれの得ている心証です。もしそうだとすると、いったい誰が、どうやって睡眠薬をすり替えることができたか、それが難しい問題です」

「それは分かっています」

千晶があっさり言ったので、瞬間、警部補は聞き違えたかと思ったらしい。

「えっ？　分かっているのですか？」

警部補は河内と顔を見合わせて、信じられない――というように、苦笑しあった。

「どうも、あなたには驚かされっぱなしですなあ。とにかく参考までにお訊きしますが、犯人は誰です？　その方法は？」

「犯人は……といっても、薬をすり替えた犯人ですけど、それは牧田さんのお宅にいる女の人です」

「ほう、垣山《かきやま》しのぶのことですね」

「垣山さんていうんですか。とにかくその人が犯人で、ビンの中身――カプセルの一部をすり替えたのは、夫人が亡くなった前の日の朝です。つまり、犯行のあった日の朝と言ってもいいかもしれません」

「うーん……大胆な推論ですなあ。しかし、どうしてそれが分かるのです？」

「それは……そのことに関しては、私に責任があるからです」

千晶は悲しそうに俯《うつむ》いた。

「何ですって？」

またまた、二人の警察官は、度肝《どぎも》を抜かれた顔を見交わした。

「おいおい、千晶ちゃんの責任て、それ、どういうことなんだい？」

「あの朝、私が散歩していたのが悪かったんです。牧田夫人は寝室の窓から私の姿を見掛けて、急いで外に出て来たんですよね。その時、寝室のドアの鍵を掛けるのをうっかり忘れたんです。たぶんはじめてのミスだったと思いますけど、それが致命的なミスになってしまったんですね」

「しかし、その時、家の中には牧田氏も川崎さんもいたじゃないか」

「でも、牧田さんは出掛けるところで、川崎さんがそのお世話をしていましたから、ずっと一緒だったはずです。おたがいに監視しあう関係にあって、寝室に忍び込むチャンスはなかったでしょうね。そして、みんなが玄関と外に集まっていた時、女のひとだけが姿を見せなかったのですよね」

千晶が話し終えたあと、二人の男はしばらく気が抜けたように黙りこくった。

「どうですか、彼女の推理は」

河内が遠慮がちに、香川警部補の意向を確かめた。

「いやあ、そう言われてみると、たしかに筋道は通っていますねえ。専門家として、汗顔《かんがん》のいたり、驚くばかりです」

幸いなことに、香川はめんつにこだわらない、素直な人柄のようだ。

「睡眠薬という有力な物的証拠もありますから、薬の入手先あたりから探ってゆけば、思ったより、もろい事件になるでしょう。それに、殺人事件の疑いが濃厚となると、その気になって調べ直しますからね、紐なんかにも、犯人の痕跡《こんせき》が残っているかもしれない」

「そうですか、いけそうですか……」

河内も重荷を下ろしたように、ほっとした顔になった。

「ええ、これから先は任しておいてください。一挙に解決に向かいますよ。何もかも橋本さんのお蔭です。いや、ありがとうございました」

香川警部補は千晶に深ぶかと頭を下げた。

「今回のお手柄は、間違いなく警視総監賞ものですよ」

「あら、いやだ。そんなのいりませんよ」

千晶は真っ赤になって、言った。

「それに、一番のお手柄は、泣かなかったブロンズの少女ですもの」

優しい殺人者

1

「河豚腹《フグハラ》です」と言ったように、小野《おの》は確かに思った。名は体《たい》を表わすというのは本当だなと、一瞬感心したくらいだ。ブヨブヨと水ぶとりに肥《こ》えた腹が、大量の皮下脂肪を胸から肩へ送り込み、本来首であるべき場所まで埋め尽くしてしまった。その延長上に顔とおぼしき肉塊《にくかい》が載っている。テラテラと脂光《あぶら》りする球状の突起が顎《あご》であり鼻であり頬《ほお》である。ぼうぼうの髪が丸い額《ひたい》を覆《おお》い隠したその下に、鉛筆で線を引いたような溝が左右に二カ所、えぐれているのがどうやら目であるらしい。口はゴムマリ状の両頬のあいだにわずかに開閉して、濃厚な唾液《だえき》をグチャグチャさせながら、濁った声を発した。小野が聞き取れずにとまどっていると、相手はモゾモゾと動いて名刺を取り出した。

『警視庁捜査一課　警部　福原《ふくはら》太一《たいち》』

「あっ、福原警部、ですか……」

名刺を見て、小野は正直に驚いた。『キレ者警部』として名高い福原が、目の前の男だとは、信じがたい気がした。

「そうです。フクハラです。フグハラではありませんゾ」

福原警部は眠そうな目に精一杯の皮肉を籠《こ》めて小野を見た。小野の聞き違いを看破《かんぱ》した眼力はたいしたものだが、ご面相がご面相だけに、どうにも迫力に欠けた。第一、本人は「福原」と訂正したつもりだろうけれど、小野の耳にはやはり「河豚腹」としか聞き取れないのだからお笑い草だ。

「では早速、事件の概要をご説明します」

小野は笑いだしたくならないうちに、と、急いで喋《しゃべ》りはじめた。

『美人ママ殺し』の一一〇番が入ったのは二十一時五分であった。もっとも『美人ママ』というのはマスコミに載った時点での表現なのであって、一一〇番通報時には、単に『変死事件』として受け付けられたことはいうまでもない。

「訪ねた家の女主人が死んでいるんです」というのが、通報の第一声だった。場所は青梅《おうめ》市郊外——というより『奥多摩《おくたま》』といったほうがピンとくる山峡《やまかい》の一軒家。

「あのオ、首の周りに絞《し》められたような痕《あと》があるんで、ひょっとしたら殺されたんじゃないかと……」

気弱そうな男の声が言う。男の名は神永洋二《かみながようじ》といった。

警視庁からの指令で青梅署捜査係長の小野正《ただし》警部補がパトカーで現場に着いたとたん、神永は玄関先から飛び出してきて、「ああ、怖かった」と言った。見るからに臆《おく》病《びょう》そうな中年男だった。

殺されたのは川井真理子《かわいまりこ》・四十二歳。八王子《はちおうじ》と立川《たちかわ》と所沢《ところざわ》にスナックを経営するかたわら、もぐりの金融業のようなことをやっていたらしい。神永がこの夜、同家を訪れた目的も、滞《とどこお》っている借金の返済だった。

「九時の約束で来たんですけどね、どの窓も電気が消えていて、真っ暗なんですよね。留守かなって思ったんですが、ちゃんと約束してあったので、一応、チャイムを鳴らして、返事がないもんだから少し頭にきましてね、ドアのノブを引いてみたら、なんと、すんなり開くじゃありませんか。いつも戸締まりのいいママにしては、これはちょっとおかしいなって思って、もしかするとうたた寝でもしているのか、それとも急病かで倒れているんじゃないか、などといろいろ想像しまして、とにかく上がり込んで居間を覗《のぞ》いたんです。ええと、電気はそのときつけました。そしたらやっぱり川井さん、そこに倒れていました。てっきり病気かと思って近寄ってみて、死んでいるのが分かりました。それに首筋のところにみみず腫《ば》れみたいなものができているのが見えたもんですから、こりゃ、ひょっとすると殺されたんじゃないかって思って、それで急いで一一〇番したというわけです」

神永は小野警部補の質問に答える形で、要領よく経過を説明した。

川井真理子はリビングルームのソファに横たわるような姿勢で死んでいた。医師は死後二時間前後と断定した。その程度の経過時間ならたとえ誤差があったとしても、せいぜい、プラスマイナス十分と思って差し支えない。神永が言ったとおり、被害者の首にはみごとな索条痕《さくじょうこん》が浮き出ている。網膜の鬱血《うっけつ》状態もはっきりしていた。

「絞殺による窒息死。死亡推定時刻は午後七時前後」

小野が報告したとたん、警視庁の通信指令は矢つぎばやに指示をまくしたてた。

『現場付近の不審者を徹底的に検索、近隣に対する聞き込みを入念に行なう等、初動捜査に遺漏《いろう》なきを期すとともに、現場の保存、とくに被疑者が遺留せる指紋等の保存に留意せよ……』

例によって、センテンスの長い紋切《もんき》り調がえんえんと続く。

（ばかばかしい、トーシロじゃあるまいし）

小野は苦笑しながら、声だけは真面目《まじめ》くさって、「了解」と送った。

鑑識の作業が進められるなかで、神永洋二に対する事情聴取が行なわれた。訊問《じんもん》には小野があたった。

神永洋二は三十六歳、一流証券会社の営業マンで、川井真理子が経営するスナック・チェーン『マミー』の所沢店の常連客だ。客として店に行っては、ママの真理子をはじめ店の者や、ほかの常連客に株や債券を売りつけようという下心があった。ところが、商売のほうはそれほどうまくいかずに、かえってミイラ取りがミイラになるような具合に、真理子から借金をする羽目《はめ》になった。飲み食いのツケが溜《た》まりだしたのがきっかけで、そのうちに、競馬の元手をちょっと用立ててもらったのを皮切りに、借金は雪ダルマ式に膨《ふく》らんだ。

「はじめのころは『いいわよ』って、気軽に貸してくれるんで、こっちもついつい調子よく借りてたんですけどね、ちょっと額がまとまったら、証文を書かされて、それも月三分、サラ金なみの高利ですよ。あとで聞いたら、なんのことはない、半分本業みたいなものだったんですから、うまいことカモにされたようなもんです。お蔭《かげ》で、毎月の遣《や》り繰《く》りが四苦八苦。ボーナスなんかふっとんじゃいますよ」

この日も暮れのボーナスが出たので、借金の一部を返しにやってきたのだそうだ。

聞いていて、小野は、こいつ、ばかじゃなかろうか——と思った。こっちが訊《き》きもしないのに、被害者に対するウラミツラミをペラペラ喋っている。

「すると、神永さんは川井真理子さんを恨《うら》んでいたというわけですね」

「ええ、もちろんですよ。いや、私だけじゃありません。店の客のなかには何人も金を借りている人がいましてね、寄るとさわるとママのこき下ろしです。そのくせ、店に行ってママの顔を見ると、またぞろ金を借りたくなるんですからね、あれは一種の魔力のようなものかもしれません」

「しかし、サラ金で借りるよりはましでしょう」

「そりゃまあ、そうですけどね。しかし、ちょっと返済が遅れると、すぐ会社に電話をかけて寄越すんですよ。こっちは信用が資本みたいな業種ですから、上司なんかに告げ口されるとクビが危ないので、戦々恐々ですよ」

「じゃあ、川井さんが死んで、ほっとしたでしょうな」

「え？　ええ、まあ正直言って助かったという気持ちも多少はありますねえ」

「まさか、神永さんが殺《や》ったんじゃないでしょうねえ」

「え？　やった、というと、ママを殺したという意味ですか？　冗談じゃありませんよ、私がなんでママを殺さなきゃならないんですか」

抗弁しながら、神永はしだいに顔色《がんしょく》を失っていった。小野は警察官特有の皮肉な目で神永を見つめてから、言った。

「ところで、スナック『マミー』ですか、そこの電話番号は分かりますか」

「ええ、所沢店のやつは知ってますけど、しかし、今日は日曜だから休みですよ。『マミー』は各店とも、役所の近くにあって、休日は商売にならないもんで休みにしているんです。それで私もここへやってきたのです」

神永の様子には、自分の立場を説明しようとする懸命さが、ありありと見えた。

鑑識の作業がひと区切りついたと知らせてきた。小野は神永を待機させておいて、ふたたび現場に戻った。

川井真理子の家には客があったらしい。リビングルームのテーブルの上には、コップに半分たらず残った飲みさしのオレンジジュースが載っていた。テーブルの上のコップは一個だけだが、台所の流し台の水切りの上に、同じタイプのコップが置いてある。急いで洗ったとみえ、ジュースの糖分がこびりついていた。指紋は拭《ふ》き取られていたが、それはかえって来客のあった痕跡を隠そうとしたことを証明している。

飲みさしのジュースから睡眠薬が検出された。かなり効き目の強い種類のものだ。真理子は睡眠薬を飲まされ、意識を失ったところを細引様《ほそびきよう》のもので絞殺されたのだろう。その作業は比較的簡単で、力もあまりいらないから、犯人を男と断定するわけにいかない。

川井家には真理子のほかに真理子の秘書兼お手伝いを務める女性が住んでいることが、神永の話から分かった。

「タエちゃん、タエちゃんて呼んでいましたから、たぶんタエ子さんという名前だと思うのですが」

と神永は言った。

「いつもママのそばにいるんですがねえ……」

その「タエ」の行き先がまず気にかかる。住み込みのはずだという神永の話で、家の中を調べると、確かに若い女のものらしい個室がある。部屋の壁にかかった状差しの手紙の宛先《あてさき》が「木村多恵子《きむらたえこ》様」となっていた。母親からの手紙が何通かあり、実家が東京都下の三鷹《みたか》市ということが分かった。小野は電話番号を調べて、すぐにダイヤルを回した。

木村多恵子はそこにいた。

小野が川井真理子の殺されたことを伝えると、「えーっ」と悲鳴のような声を上げたきり、絶句した。

「今日はお休みをもらって、ひと晩泊まって、明日の朝帰ることになっていたんです」

夕方五時ごろ、川井家を出て、六時半には三鷹の家に着いた、と多恵子は言っている。

「七時から友達と誕生パーティをやる約束になっていましたから」

それが本当なら、多恵子にはアリバイがあることになる。小野は部下に命じてウラを取らせる一方、木村多恵子には明朝青梅署のほうに出頭するよう指示した。「これから行きます」と多恵子は言うのだが、それだと夜半すぎになってしまう。

神永洋二にも、このあとの事情聴取は明日ということにして、帰宅させた。

「捜査の目鼻がはっきりつくまでは、なるべく遠方への旅行はしないでください」

「分かりました」

神永は自分に嫌疑がかけられているらしいと思い込んで、すっかりしょげていた。

捜査が進むにつれ、犯人が家の中を物色した形跡のまったくないことが分かってきた。遺体のそばには、革製の大振りなバッグが置かれ、中には現金で十二万円あまりと、預金通帳と印鑑も入っていたけれど、いずれにも手をつけていない。遺体も、衣服がきちんとしていて、ソファが小さいせいか、いくぶん窮屈そうに身を縮《ちぢ》めた格好だが、ちょっと見には、まるでうたた寝でもしているかのように思える姿勢で静かに横たわっている。むろん、暴行の形跡はなかった。

「なんだか、ばかに優しい殺しだねえ……」

遅れて現われた署長が、そんなふうに述懐したが、小野も同じ感想を抱いた。いったい何を狙《ねら》った犯行だったのだろう？

しかし、ともかく『流し』の犯行ではなく、怨恨《えんこん》が動機の殺人であることは間違いなさそうだ。

2

木村多恵子は二十六歳、まず妙齢《みょうれい》といっていい年ごろだけれど、どうにも魅力のない女だった。痩《や》せぎすで、顎の先が尖《とが》っているところは、魔法使いのおばあさんといった感じがする。度の強い眼鏡の向こうから、意地悪そうに吊り上がった目がこっちを窺《うかが》っている。

（頭はよさそうだな——）

　多恵子と面と向かい合ったとき、小野警部補は思った。そうとでも思わなければ、相手に気の毒なような気がするほど、色気のない女だった。

「あなたと川井真理子さんとの関係は？」

「関係って……、赤の他人ですわ」

　いろいろある回答の中からそれを選んだということが、木村多恵子の真理子に対する感情を示している、と小野は思った。

　多恵子はもともとは、立川の店がオープンしたさい、従業員募集の新聞広告に応募したのが、真理子との出会いだという。

　真理子はひと目多恵子を見て、「ああ、あんた、レジをやりなさい」と言ったそうだ。

「そのときは、信用されたのかなって思ったんですけど、あとで聞くと、レジは男にもてない女がいいということだったんですって」

　笑いもしないで、多恵子は言った。

「レジを半年ばかりやったころ、秘書になれってママが言うんです。それまで住んでいた東久留米《ひがしくるめ》の家を売って、青梅に屋敷を建てたから、車を運転できる秘書兼お手伝いが欲しいっていうわけです。給料をアップしたうえ、三食つきだというので、私も悪くないなと思って、それに、家のほうでもなんだかんだうるさいもんですから……」

三鷹の実家には、両親と兄夫婦が同居していて、多少、いづらいという事情もあったようだ。

「でも、秘書っていうと聞こえはいいけど、実態は下働きみたいなもんでしたよ。ママは人使いの荒いほうでしたからね」

「しかし、三年間も勤めたのでしょう？　辞《や》めようという気にはなれなかったのですか」

「ええ、ママにはどこか憎めないようなところがあって、ときにはこん畜生って思ったりするんですけど、ずるずる引き込まれちゃうんですよね」

その点は神永洋二が言っていたことと符合する。

「神永洋二さん、知っていますね？」

「ええ、お店のお客さんです」

「神永さんは、川井さんから金を借りていたそうじゃありませんか」

「ええ、そうですけど」

「だいぶ取り立てが厳しかったそうですね」

「そうかしら、普通じゃないんですか？　だって、借りた金を返すのは当然なんですし、催促《さいそく》されたからって、文句を言う筋合いはないでしょう。それに、取り立てが厳しかったのは、むしろ神永さんよりほかの人たちにだったのじゃないかしら」

「ほう、それは誰と誰ですか。名前は分かりますか」

「ええ、分かりますよ。ママのノートにも書いてあったでしょう？」

「ノート？　そんなものは見当たらなかったが……」

「バッグの中に入ってますよ。見ましたか？　バッグ……」

「茶色の革製のバッグなら遺体のそばにありましたが、それのことですか？」

「そうです」

「それなら中を見たが、ノートらしきものはなかったですよ」

「じゃあ、盗まれたんだわ。もしかすると、借用証も盗まれたんじゃないかしら。ノートに挟んであったんですけど、ありました？」

「ああ、それじゃあ盗まれたんですね。そういう書類は一切、ありませんでした」

「だったら、犯人はお金を借りたお客さんの誰かってことになりますわね」

「さあ、それはどうですかな。しかし、とにかく一応、その人たちに当たってみます。

名前を教えてくれませんか」

木村多恵子は自分の手帳を開いて、金を借りた客たちの名を挙《あ》げた。いずれも、著名といっていいような大企業に勤めている者ばかりだった。

「担保《たんぽ》を取るわけじゃないから、一流会社の社員だとか、世間体を気にするような家柄のお客さん以外には貸さなかったんです。そういうお客さんなら、取りっぱぐれはないし、いよいよとなれば会社や自宅にねじ込むことだってできますものね。でも、実際にはそこまでこじれたことはありませんでしたけど」

書き出された名は、神永洋二を含めて十三人。不吉な数字だな、と小野は思った。

「あの、こんなことお役に立つかどうか分かりませんけど……」

帰りがけに、多恵子はふと思い出したように言って、立ち止まり、しばらく考え込んでいる。

「なんでしょうか？　どんなことでも言ってくださいよ。参考にならないとはかぎりませんからね」

「私が三鷹の家に着いてすぐ、ママに電話したんです。行った先から電話する習慣だったもので……」

「なるほど、で？」

「ただそれだけのことですけど」

「そのとき、川井さんの様子に変わったところはなかったですか」

「ええ、べつに……」

「誰かお客が来ているとか、そういうようなことも？」

「うーん……、どうだったかしら。そう言われてみると、そんな感じがしないでもないんですけど……はっきりしたことは分かりません」

多恵子は首を振った。しかし、とにかく、多恵子が電話した午後六時半ごろまでは、川井真理子が生きていたことははっきりした。

3

小野が話しているあいだじゅう、福原警部は巨体をテーブルの上に突っ伏して、フーフーと苦しそうな息をついていた。組んだ腕に顎を載せ、目は閉じたままだ。時折り「ふむふむ」と相槌《あいづち》を打つから、かろうじて眠っているわけではないことが分かる。

事件発生から一夜明けて、青梅署に捜査本部が設置された。警視庁から捜査一課のスタッフが到着したのが午前十一時。なんとものんびりした動きだ、と思っていたら、車からブヨブヨの河豚のような男が現われ、緩慢《かんまん》な歩き方で会議室に入るやいなや、テーブルにしがみついた。それが主任捜査官の福原警部だった、というわけだ。

捜査本部長である署長をはじめ、青梅署の連中は、福原のいぎたない格好に苦《にが》りきった顔をしている。たとえ悪意はないにしても、所轄《しょかつ》の人間にしてみれば、日ごろから、本庁の連中に対しては、つい僻《ひが》み根性をいだきがちだ。そこへもってきて、この福原警部の傍若無人《ぼうじゃくぶじん》ぶりとあっては、腹も立つというものである。しかし、福原が率《ひき》いてきた警視庁のスタッフには、べつに驚いた様子がないところをみると、おそらく馴《な》れっこになっているのだろう。よくしたもので、主任警部がそんな状態である代わりに、補佐役の北島《きたじま》という部長刑事がじつにキビキビして好感がもてる。

「そうしますと、小野係長さんの考えとしては、神永洋二をはじめ、木村多恵子が指摘した客の十三人に、犯行の動機があるというわけですね」

「現在までのところでは、そういうことになると思いますよ」

「それでは、まず、その連中のアリバイ関係を確認する作業から始めましょう。主任、そういうことでよろしいですね」

北島に名を呼ばれて、福原はようやく薄目を開けた。もっとも、全部開けたとしても、パッチリした目にはなりようがない。

「ああ、いいんじゃない」

福原はそのままの姿勢で、眠そうな声を出した。いかにも、どうでもよさそうな態度だったから、小野はまた腹が立った。

福原警部を放置して、捜査員はそれぞれ手分けして八方へ散った。本部には、居眠り専一《せんいつ》の福原と、デスク役の小野だけが残った。そこへ、朝から木村多恵子のアリバイを調べに行っていた刑事が戻ってきて、メモを見ながら報告した。

「昨日の午後六時半ごろ、木村多恵子は間違いなく三鷹の実家にいたようです。家族の者だけでなく、友人二人と、出前に来ていた寿司屋の店員がそう言っております」

リストの中の「木村多恵子」の名前を消しながら、小野が横目で見ると、福原は相変わらずテーブルの上に突っ伏している。若い刑事はびっくりした目を小野に向けた。小野は大袈裟《おおげさ》に顔をしかめてみせた。

それから間もなく、司法解剖の結果と鑑識の報告が同時にもたらされた。

「現場での所見どおり、被害者は睡眠薬入りのジュースで眠らされ、絞殺されています」

鑑識の巡査部長は高校の化学の教師みたいな、平板《へいばん》な口調で言った。

「あのジュースは『ツブ入り』とかいうやつで、オレンジの粒が未消化の状態で胃に残っていたそうですから、ジュースを飲んで、眠りこけてすぐ、殺されたようです」

「すると、客は七時ちょっと前ごろ川井真理子の家にやってきたわけか。そして真理子が出したジュースに、こっそり睡眠薬を仕込む……。いや、待てよ、薬が効くのにどれくらいの時間がかかりますかね」

「早くて十分、固いところ二十分ぐらいだそうです」

「じゃあ、六時半ごろに犯人はやってきたということか。もう真っ暗だなあ、目撃者は望み薄だな」

「遺留品もありませんし、指紋も被害者と木村多恵子のもの以外、はっきりしたのは採取されていません。神永洋二の指紋も玄関付近のものしか出ていないのです」

「ああ、それは彼も言っていたね。殺されたらしいと分かってからは指紋をつけないように注意したそうだ。その分だと足跡の採取もうまくいってないようですな」

「ええ、あの家は道路から玄関まで砂利を敷きつめてあって、玄関先はコンクリートですから、足跡はまるっきりつかないんですよ」

そのとき、福原警部がムクッと動いて、ダミ声を発した。

「あんた、ちょっと訊くけど、道路から敷地の中へ出入りしたタイヤ痕は調べた？」

「もちろん調べましたよ」

鑑識係は答えてから、「誰です？」と目顔で小野に訊いた。

「本庁の主任さん」

小野がささやき返すと、目を丸くした。

「それで、どうだった？」と福原は訊いた。

「は、調べましたが、神永洋二の車と被害者所有の車のヤツしか採取できませんでした」

鑑識係は急に緊張して、答えたが、福原は「あ、そう……」と、興味があるのかないのか分からない顔になって、目を閉じた。

「やはり、神永が怪しいのでしょうか」

小野はお愛想のつもりで、水を向けた。

「さあ、どうかなあ。神永には多分、アリバイがあるでしょうよ」

そんなあてずっぽうを言って、と小野はいよいよ腹が立ったが、福原の言ったとおり、神永洋二にはちゃんとアリバイのあることが判明した。

死亡推定時刻の午後七時すぎ、神永は一一九番に事故の通報をしていた。自宅前の道路でタクシーとバイクの接触事故が発生して、バイクを運転していた青年が負傷したというものだ。そのとき、神永は川井家へ向かおうとして、車庫から車を出したところだった。東京・板橋区《いたばし》にある神永の家から、青梅の川井真理子の家までは、どんなに急いだとしても二時間近くかかる。

「所轄署で確認しましたから間違いありません」

いくぶんいまいましい気持ちで、小野がその報告を伝えると、福原は死んだようなポーズのまま、「あ、そう」と動じる気配もない。

福原が身を起こすのは、食事をするときと、トイレへ行くとき、それと、運ばれてきた資料や現場写真などを見るときぐらいなもので、聞き込みの報告を受けるときは、いつも寝そべったままだ。小野が何よりも呆《あき》れたのは、犯行現場を見に行こうなどと、ただの一度も言わないことだ。「ご案内しましょう」と小野が進言するのに、「いや、死体もない現場を見たってしようがないでしょう」と、まるでとりあおうとしない。「調べることは、鑑識さんと、青梅署のみなさんで完璧《かんぺき》にやっているんでしょうから、僕はそれを拝見するだけで結構……」

その言葉どおり、テーブルに堆《うずたか》く積み上げた写真を片端《かたはし》から眺めた。プクッとした愛敬《あいきょう》のある手で、一枚一枚、じつに丹念に見た。その合間には解剖所見を確かめたり、何か分からないことをブツブツつぶやいている。捜査員に新たな指示を出すなどという才覚はまるで湧《わ》いてこないように思えた。

（このフグハラめ――）

小野は腹の中で罵《ののし》った。

その日の夕刻までに、十三人の客のアリバイ調査の結果が纏《まと》まった。結局、事件当時の所在を第三者によって証明されない者は、八王子に住む『金沢昌夫《かなざわまさお》』と日野《ひの》に住む『渡辺亮一《わたなべりょういち》』の二人で、そのほかに家族の証言のみ取れるというのが何人かいた。

金沢は百二十万円、渡辺は五十万円ほどの借金があり、それぞれ返済には苦しんでいたようだ。面白いことに、この二人はともに、事件当日、釣りに行っている。それも金沢は秩父《ちちぶ》付近の荒川《あらかわ》上流、渡辺は飯能《はんのう》の近くの高麗川《こまがわ》と、いずれも埼玉県の川へ、ハヤ、ヤマべのたぐいを釣りに行き、日暮れまで釣って、帰宅したのは八時すぎだったという。

なによりも興味深いのは、埼玉の釣り場から自宅に帰るには、どちらも青梅のあたりを車で抜けていくことになることだ。二人とも単独行で、むろん、おたがいに相手が同じ方向に釣りに出掛けていたことなど知らなかったと言っている。しかし偶然の符合にしては出来すぎている、と小野は思い、福原警部の反応を窺《うかが》ったが、例の居眠りのポーズは微動《びどう》だにしなかった。

渡辺亮一は三十七歳。もと一流銀行に勤めていたが、競馬に凝《こ》って川井真理子から借金をしたあげく、退職金を返済に充《あ》てなければならないような羽目になって、系列のつまらない商事会社に左遷《させん》された。それほど痛い目に遭っていながら、またぞろ借金を重ねているのだから、まったく真理子には魔力でもあったのではないかと思いたくなる。

渡辺は刑事の事情聴取に、平然と、「やっぱり神様ってのはいるもんですなあ。私が手を下すまでもなかった」と言ったそうだ。

「では、あなたには殺意があったということですね？」

刑事が訊くのに、

「ええ、殺してやりたいと、何度思ったかしれませんよ」

「そんなことを言って……、注意しておきますがね、あなたにはアリバイもないのですよ」

「ははは、そういえばそうですねえ。しかし私は平気ですよ、犯人じゃないんだから」

「さあ、それはどうですかな。これから調べが進めば、はっきりするでしょうがね」

「なるほど、確かに、調べれば調べるほど怪しいなんてことになりそうですね」

渡辺は刑事をからかうような言い方をしたが、それは自分が潔白であることを誇示するものなのか、それとも、後ろ暗さをカムフラージュする虚勢なのか、どちらとも取れる。

「あの野郎が犯人なら、言うことはありませんけどねえ」

刑事はよほど心証を害したらしく、帰ってくるなり、吐き出すようにそう言った。

もうひとりの金沢昌夫は、まだ渡辺ほど追いつめられてはいないようだ。ただし、やはり競馬が借金の原因であるのは渡辺のケース同様で、金沢の場合、妻の父親の会社に勤めている関係上、金の遣り繰りには苦労しているらしい。根が真面目な男で、捜査員が勤め先に行くと、青くなって近くの喫茶店へ飛んできた。川井真理子が殺されたことはニュースで知っていたが、そのことより、借金のことが妻に知れるのを、極度に恐れていた。

「あの男には、到底、殺しなんかできそうにないと思います」

担当刑事はそう感想を述べている。例によって報告のあいだじゅう、ずっと寝そべっていた福原警部は、そのときだけ薄目を開けて、「あんた、そういう先入観はいけないよ」と言った。刑事が何か言い訳しようと向き直ったときには、福原はすでに目を閉じていた。刑事は青梅署ではベテランに属す男だったから、その福原の態度にあからさまに不満な顔を見せた。

4

事件発生二日目の夜に入り、捜査員が全員顔を揃《そろ》えた。しかし、肝心《かんじん》の捜査主任がズッコケた格好をしているから、捜査会議の空気はだらけきって、いっこうに気勢が上がらない。さすがにその状態を見かねたのか、福原の部下の北島部長刑事が、あたかも会議の結論を宣言するかのように、わざとらしく力を籠《こ》めて言った。

「ともかく、渡辺をしょっぴきましょう」

誰にも異存はない――と思ったとき、福原警部が欠伸《あくび》を嚙《か》み殺しながら、言いだした。

「どうしてさ?」

「状況証拠は充分ですし、それに、目下《もっか》のところ、最も疑わしい人物ですから……」

「そうかねえ、違うんじゃないの?」

「だめ、ですか……」

北島は意気込んで見えた割りには、あっさりと頭を掻《か》きながら引き下がった。そんな具合に飼《か》い馴《な》らされている――といった感じだ。小野はそばで見ていて、いらいらがつのった。

「それじゃ、主任さんのお考えはどうなんです？」

つい、刺《とげ》のある声になった。福原はびっくりして、心配そうな目を小野に向けた。

「どう……って、僕の考えは決まってますよ」

「決まっている、ですか？」

小野には、意味がよく飲み込めない。

「決まっていると言いますと、どんなふうに、でしょうか？」

「犯人が誰かってことですよ」

「はあ？……」

小野は呆れ返り、憤然として言った。

「お分かりになっているのなら、われわれにもそのように指示してくだされぱいいではありませんか」

「そんなこと言ったって……」

福原は当惑して、目をショボショボさせブヨブヨの頰をいっそう脹《ふく》らませた。

「僕の考えが正しいかどうか、分からないじゃないの。そのためにみんなにデータを集めてもらっているわけでしょうに」

「それじゃ、われわれは警部の判断を裏付けるデータ集めをしているにすぎないというわけですか？」

「そうよ」

小野は二の句が継げなかった。ハッタリに決まっている、と思う。福原をずっと観察していて、彼が事件解明の手掛かりをつかんだとは、到底信じられない。第一、ほとんど何もやっていないのだ。小野は癪《しゃく》にさわって、意地悪く食い下がった。

「しかし警部、せっかくのお考えを隠しておかれることはないと思うのですが」

「だけど、それを言っちまったら、みんなは予断をもって捜査することになるでしょう。それはまずいのよ」

「それはそうかもしれませんが、せめてヒントか、捜査方針を示すぐらいのことはしていただきませんと困ります」

「僕はそういうの、あまりやらないのよねえ」

「青梅署ではそうやっているのです」

小野は焦《じ》れて、ゴツいことを言った。福原は驚いて、最大級に目を見開いた。

「うーん……、それじゃ、ひとつだけ調べてもらうことにしようかな。あのね、川井真理子が飲んだジュースだけどね、グラスにあける前の容器を探してごらんなさい」

数人の刑事がすぐ現場へとんだ。残った捜査員たちに向かって、福原はテーブルの上から身を起こし、はじめて指揮官らしいポーズを作った。

「この事件の犯人はじつに頭のいいヤツですよ、しかし、いくら頭がよくても犯罪のプロではない。緻密《ちみつ》な計画をたて、巧妙に完全犯罪をやり遂げてはいるのだが、妙に気を遣《つか》いすぎたために、かえって不自然さが露呈してしまった。たとえばこの被害者の姿だが、いかにもお行儀がよすぎるのよね。ソファの上にこぢんまりと横たわって、まるで眠っているみたいじゃないですか。スカートの裾《すそ》も乱れてないし、姿勢全体がいかにもコンパクトです。睡眠薬で眠っているところを殺したにしても、断末魔の瞬間は暴れもしただろうに、その気配も感じさせない。まったく優しい心遣いというもんですよね。殺しのプロならそんな面倒なことはしない、殺したら殺しっぱなしというのが連中のやりクチです。しかし、いくら優しいといっても、この姿勢はやはり不自然な気がするのよね。それに、睡眠薬を飲ませるのに、わざわざツブ入りのジュースを用いたのも、なんとなく作為《さくい》的な気がするなあ。ただし、完全犯罪を目論《もくろ》んだという点だけは確かなので、金沢氏や渡辺氏のようにアリバイのはっきりしない連中は、対象から除外してもいいでしょう」

「ちょっと待ってください」

小野は慌《あわ》てて、言った。「いま警部が言われたのは、逆じゃありませんか?」

「逆って、なんのこと?」

「アリバイのない連中を容疑者から除外するように、と言われたようですが」

「そのとおりよ。だってそうでしょう。完全犯罪を目論むほどの人間が、アリバイを用意してないなんてこと、考えられますか?」

「し、しかし、それでは容疑者を絞り込んだ作業は、まるで方角違いということになります。つまりその、金沢と渡辺以外の十一人の客全員が容疑者ということですか?」

「そうね、そこからスタートすべきですよ」

川井家へ行った捜査員から連絡が入った。ジュースの容器が見当たらないというのである。

——台所のゴミ入れをはじめ、それらしいところを全部調べ、家の外も念のために調べたのですが、発見されませんでした。

その報告にも、福原は(なくて当然)という顔をしている。

「まったく、トーシロというのはつまらないところに神経を遣うから、かえってつじつまの合わない状況を作ってしまうのだねえ」

「そう言われても、私にはどういう意味かさっぱり分かりませんよ」

小野は憮然《ぶぜん》として言った。「トーシロ」という言葉は、自分たちに向けられたものと受け取れないこともないのだ。

「そうですかア？　僕には犯人の心理状態が手に取るように分かるんだけどねえ。しかしそのことより、犯行動機について、みなさんは少しばかり性急に決めすぎたのではありませんか？　つまり、単なる怨恨《えんこん》かどうかということですよ。川井真理子は金貸しが本業のようなものだったのでしょう？　だったら、かなりの現金が手元にあったはずだ。そういうものがなかったとしたら、まず盗まれたものと見て間違いないでしょう」

「しかし、現金を手元に置くようなことをするでしょうか。銀行に預けてあったのではありませんか？」

「もちろん預金もあるでしょう。しかし、おそらく財産のかなりの部分は現金で動かしていたでしょうね。ああいう連中は銀行を信用しないようなところがあるし、なにより税務署が怖いですからね。金の動きがオープンになるのを極度に嫌う。ことにモグリ金融なんかやっていると、下手《へた》すれば後ろに手が回りかねないというわけね」

「しかし、現場には家捜《やさが》しした形跡はまったく見られなかったのですが……」

「現金の秘匿《ひとく》場所を知っていれば、家捜しの必要はないでしょう。あ、それからね、財産は現金ばかりとはかぎりませんよ、宝石類や金《きん》の延べ板なんかもあったんじゃないかな」

小野はほかの捜査員と顔を見合わせた。

「すると警部、犯人はよほど内部事情に詳しいヤツということになりますが……」

「そういうことですね」

「だとすると、木村多恵子……」

目を丸くして、ポカンと口を開けた小野の前で、福原はニターッと笑ったが、肝心の小野の疑問には答えない。

「それはそうと、川井真理子の男関係はどうなっているんでしたかね」

「それはまだ調べ中ですが、真理子は七年前に亭主と離婚して以来、特定の男はいないそうです」

「特定の男はいなくても、不特定多数ならいるのと違うかな?」

「……?」

「ためしに十三人の客たちに訊いてみなさいよ。大抵の者は関係しているはずだから。それじゃ、今日はこれまで。また明日の晩、お会いしましょう」

そう言うと、福原警部は、まるでガスが半分詰まったアドバルーンのように、ゆらり、立ち上がった。すでに十時を回って、皆が疲れきっているのに、一人だけやけに元気そうなのが、小野には癪にさわってならなかった。

5

翌日、福原警部が捜査本部に河豚ヅラを見せたのは、夕方の五時を過ぎてからだ。全捜査員が朝から駆けずりまわって、十三人の容疑者を洗うのに苦労したことなど、どこ吹く風――といった顔だ。

しかし、福原の予言どおり、客は一人を除く全員が川井真理子と肉体関係のあったことを認めた。「借金と交換条件みたいなものですからね、断るわけにはいかなかったんですよ」と弁明する者が多かった。もっとも、ホテルの休憩料は真理子が支払ったから、なかには、「儲《もう》けたような気分でした」と笑う者も少なくない。その一方で、「いくらただでもねえ……」と渋い顔を見せた者もいる。ことに若い男にとっては、自分の母親みたいな真理子を抱くのは、かなりの苦痛だったにちがいない。ただ一人の例外の男も、真理子との『デート』を約束させられた日に、たまたま台風が襲来したために難(?)を逃れたというものだ。

「そのなかに、若くてハンサムで独身と、三拍子揃ったのはいませんかねえ」

福原の質問に合致する男は二人いた。

高見佳男《たかみよしお》(28)調布市《ちょうふし》在住

S商事勤務

石田鮎三《いしだあゆぞう》(23)所沢市在住

M不動産勤務

「やっぱりいたか」

福原はニコニコ笑って、ヨッコラショと重い肉体を持ち上げた。(また小便か)と小野が思ったとき、「それじゃ、小野さん、一緒に行きましょうや」と福原は言った。

「行くって、どちらへ、ですか?」

「高見佳男を訪ねます。北島君、車、頼む」

「はい」と威勢よく立ち上がった北島につられて、小野も意味不明のまま福原に従った。福原がなぜ自分を指名したのか、高見を訪ねる目的は何か、さっぱり見当がつかない。担当した刑事の話によれば、高見は川井真理子が死亡した午後七時ごろは休日出勤で遅くまで仕事をしていたそうである。アリバイがある人間こそが怪しいというのは、このことなのだろうか？

福原はのんびり行くように北島に命じ、途中のドライブインで食事をとったりした。

高見佳男は調布市の市街地をちょっと外れたところに、両親と妹と四人で住んでいた。時間は九時近くで、高見は警察の訪問を知ると、顔色を変えた。

「高見さんは、木村多恵子さんと結婚の約束をしたのですか？」

いきなり福原が訊いたので、小野も度肝《どぎも》を抜かれたが、高見は飛び上がった。

「ど、どうして、それを？……」

「ほほう、じゃあ当たったわけですな」

「いえ、約束はしてません。彼女のほうはそのつもりかもしれませんが、僕はまだ……」

ムキになる高見に背を向けて、福原は北島に、「監察医務院へやってくれ」と言った。これまでのだらけぶりとは別人のようだ。

川井真理子の遺体は解剖のために裸に剝《む》かれたまま、冷蔵されている。執刀医が待機していて、三人の案内役を務めてくれた。小野はぜんぜん気付かなかったが、福原はいつのまにか手配をおえていたらしい。

遺体を覆った白布を右半身だけ除《の》けると、福原は身をかがめて、死体をなめるように検《しら》べはじめた。何か得るところがあったとみえて二度ばかりニッコリ笑った。

「何か分かったのですか?」

小野はたまらず、訊いた。

「うん、まあね。ほら、ここに妙な痕がついているでしょうが」

福原は遺体の右足のすねと、くるぶしの外側を指差した。なるほど、言われてみると、確かにかすかだが五ミリ程度の間隔《かんかく》で縞模様《しまもよう》が何本か印《しる》されている。それが何を意味するのかは小野には分からなかったが、そのことより、福原が最初からそういうものがあると予測していたらしいことに、小野はすっかり驚いてしまった。

「あの、これが何か事件を解く鍵《かぎ》になるのでしょうか?」

小野ははじめて福原警部に畏怖《いふ》を感じて、おそるおそる訊いた。

「キメ手になる物証第一号ってわけだね」

「キメ手、といいますと、これで事件は解決するのでしょうか」

「いや、もう一つ残っていますよ。検事さんを納得させる難仕事がね」

福原はニヤリと笑って、さっさと車に乗り込んだ。

「今度の事件で面白かったのは、例のツブ入りジュースでしたな。あれだけでも犯人の性格やら心理状態やらがじつによく分かる」

車が走りだすと、福原は気持ちよさそうに喋りはじめた。「ツブ入りジュースを使ったのは、犯行時刻を限定するためだということは分かりますね？」

「はあ……、いや、はっきりとは……。なんでしたら、説明してください」

小野は頭を掻いた。福原はべつにそれを軽蔑《けいべつ》する態度は見せなかったが、小野のほうで勝手に情けないような気分になっている。

「睡眠薬を飲ませるという目的からいえば、ふつうはコーヒーのように薬の味を消す飲み物を使うはずですよね」

福原は噛んで含めるように説明した。

「ジュースでもかまわないが、ツブ入りでは一気に飲まないで、粒を噛むようにして飲むわけで、ひょっとすると薬の匂いに気付かれるかもしれない。それなのにあえてツブ入りを使ったのは、あとで警察が司法解剖して、粒の消化状態によって犯行時間を特定しやすくする狙いだったのですよ。事実、犯人の狙いどおり、警察は睡眠薬の服用から死亡までの時間を、二十分程度と認定してしまったでしょうが」

「………」

「つまり、薬を飲ませた時刻が真の犯行時刻だと認識するところが、じつに重要な意味を持つ部分であるわけ。どういうことかというと、それ以前は川井真理子は自由に行動できたことになるからですよ。時間でいうと午後六時四十分ごろですな。これは六時半ごろ、ママに電話したという木村多恵子の供述と相互に裏打ちされている。アリバイ工作としては万全、といってもいいでしょう」

「と、いうことは、じつはそうではないという意味なのでしょうか」

「そのとおり」

福原は出来の悪い生徒を励ます教師のように、大きく肯《うなず》いてみせた。

「この事件が単に物盗《ものと》りや流しの犯行でないこと。これは練りに練った計画に基づいて実行されたことは一目瞭然《りょうぜん》です。要するに、衝動的、発作的な犯行でないことは一目瞭然です。要するに、『完全犯罪』であることを、しっかり念頭に置いてからなければならない。そうして、もう一度あらためてツブ入りジュースの意味を考えてみましょうか。ツブ入りを使うのは危険ではなかったのか――。ところが、それは危険でもなんでもなかった。なぜかというと、真理子はそれ以前にすでに睡眠薬を飲まされ、ほとんどモーロー状態だったから、たとえ石粒入りでも飲んじまったにちがいないのですよ」

「えっ？……」

小野は開いた口がふさがらない。

「驚くことはないでしょう。その証拠に、台所の流しにコップが一つ置いてあったそうじゃありませんか。最初の薬を飲ませたさいの、ジュースを入れたコップですよ。もちろん、そのときはツブ入りではないふつうのジュースで、飲んだ時間は午後二時か三時。飲ませたのは多分、木村多恵子……」

「では、犯人は木村多恵子ですか」

「共犯の片割れは、ね。多恵子はむしろ川井真理子の隠し財産を盗み出すほうで活躍したのじゃないかな。そうそう、それと、金を借りている連中の名簿と借用証も盗んだはずだ。そうすることで、動機を持つ人間の数を増やすと同時に、最も大きな金額を借りている人物——つまり、この事件の主犯が誰かを分からなくしてしまった」

「しかし、警部、いま言われたことは、すべて仮説のように思うのですが」

「ああ、これまでのところはね。しかし、物証もないわけではない。さっきの死体の痕跡がそうだし、それに、ジュースの空きカンがなくなっているのもそうだ。ないことが物証というのはおかしなことだが、この事実があることによって、仮説が単なる仮説でないことが立証されるのだから不思議だねえ。いったいジュースの容器はどうしたのか……、これは犯人の心理になりきらないと理解できない。犯人は何を考え、どう行動したか」

福原は楽しそうに、ふやけたような巨体を左右にゆすった。

「犯人は川井真理子を車のトランクに入れると、第二犯行現場——つまり、実際に真理子を絞殺する場所へ向かったわけだ。午後六時半ごろ、犯人は真理子を叩き起こして、睡眠薬を混ぜたツブ入りジュースを飲ませ、今度は完全に息の根を止める。死亡推定時刻は七時。犯人はそこで誰かと会うなどしてアリバイを用意してから、ふたたび真理子の家に向けて出発する。あとは死体を元の場所に戻しておけば、あたかも川井家に侵入した賊に殺されたように見え、完全犯罪は成立する、という筋書ですな。面白いのは、ここから先の犯人の心理の動きです。彼はまず、川井真理子の家に『飲みさしのジュースの入ったコップを置くについて、ジュースの中の睡眠薬の濃度を、体内から検出されるであろうそれと一致させる必要があるのではないか』と心配する。そこで、飲み残しのジュースを、わざわざ何かの容器に詰めて持参するわけです。ところで、そのさい、ジュースの空きカンをどうするかで、また迷う。『台本』では、真理子が接客用に使ったジュースなのだから、空きカンは川井家の中にあるのが当然なのだが、もしかすると、このジュースは川井家の近くでは売っていない製品かもしれない。下手をすると、ジュースの販売ルートを辿《たど》られる虞《おそ》れもあるのではないか――などと悩んだあげく、空きカンを置くのはやめにしたにちがいない。なんとも気配りのいきとどいた、頭のいい男ですよ」

「それで……」

小野はゴクリと唾《つば》を飲み込んだ。

「その男とは、いったい誰なのですか?」

「いやだなあ、決まってるじゃないの。神永洋二しかいないでしょうに」

「神永、ですか……、やっぱり……」

なんとなく、化かされたような気がする。

「あのオ、警部は犯人が神永だということを最初から知っておられたのでしょうか」

「もちろんですよ。青梅署へ行くまでにいろいろ聞いた段階で、神永と多恵子の共犯で、どういう方法で殺したか、分かりましたよ」

「なぜ分かったのか、教えてください」

「簡単なことなんだけどねえ。第一、現場へ行って川井真理子の死にざまを見ればすぐに分かるはずじゃありませんか」

「……？」

「だってそうでしょう、あんなふうに、ソファの上にこぢんまりと横たえられていたのは、べつに犯人が優しい性格だったせいではないのですよ。要するに、ああいう格好で死んでいたのを、そのままそっと運んできて置いた、ということです。犯人はいかにもあの場所で殺されたように見せかけるために、例によって細心の注意を払っている。姿勢や位置はもちろん、筋肉や関節に不自然な伸縮がないように……、なまじ、死後硬直なんてことを知っているだけに、大変な気の遣いようだったにちがいない。死体がそういう格好で置かれなければならない場所といえば、それはもう、車のトランクの中──という連想が生まれて当然でしょう。ただし、論理的にはそうだが、物証があるかどうかは分からない。そこで、とりあえず死体を見たら、ちゃんと痕跡がありましたね。あの縞模様みたいなやつは、トランクの底に敷かれてあったゴムマットか何かですよ」

聞いてみれば、なんの変哲もないあたりまえのことのように思える。しかし、最初から事件に関与し、福原警部よりはるかに詳細なデータを持っていたはずの自分が、なぜそこに思い至らなかったのか、小野は不思議な気さえした。

「神永が川井真理子を殺した動機は分かりますが、木村多恵子が、世話になっているママを殺したというのは、いくら従犯だとしても、ちょっと理解しにくいのですが」

「いや、あれは恋人を奪われた恨みですよ。多恵子は高見佳男と結婚するつもりだった。もっとも、高見のほうにもその気があったかどうかは疑問ですがね。しかし、とにかく多恵子はそう信じていたのを、真理子は承知のうえで高見を誘惑し、その顚末《てんまつ》をあることないこと、多恵子にノロケてみせたのでしょう。真理子にはそういうサディスティックなところがあったようですな。これじゃ、多恵子でなくたって怒りますよ。ひょっとすると、今回の殺しを持ちかけたのは、多恵子のほうだったのかもしれない」

　車はいつのまにか青梅市内の坂道にさしかかっていた。青梅署はもう近い。

「あのオ、ひとつだけ、つまらない質問をさせてください」

　小野は遠慮がちに言った。

「今夜の捜査に私を同行させた理由は、何だったのでしょうか？」

　福原警部は、車内のかすかな明かりの中で、ニヤリといたずらっぽく笑った。

「それは小野さん、あなたが警察そのものといっていい体質だと考えたからですよ。あなたを納得させることができれば、検事さんに令状を出してもらえるのは、まず確実でしょう。僕は大いに自信を持ちましたよ」

褒《ほ》めたのか、けなしたのかよく分からない。いったい『警察の体質』とはどのようなことを指したのだろう——。

小野はふと、いやな宿題を負わされたような、重い気分を感じた。

ルノアールの男

1

「くそったれ！……」

鴨田英作《かもたえいさく》は、ついうっかり、口ぎたない言葉を吐いてしまった。（まずい――）と思ったがあとの祭である。案の定、『ゼニガタ』は「カタコトカタコト……」つぶやきはじめる。ブラウン管に一列、文字が並んだ。

『聴取不能　標準語デ　話セ』

ゼニガタのボイスセンサーには、スラングを識別する能力はないらしい。

「おまえは、くそをたれる、と言ったのだ」

『ソレハ　正シクナイ　私ハ　クソガタレナイ』

「クソヲ」もしくは「クソハ」と言うべきところを、「クソガ」と言ってるのはごあいきょうだ。ゼニガタはひとを小馬鹿にしたような喋《しゃべ》り（?）方をするくせに、日本語のテニヲハの使い方の難しさには手を焼いているらしい。ざまあ見ろなのだ。

しかし、内心とは裏腹に、鴨田はすぐにあやまった。

「わかった、俺のまちがいだった」

『ワカレテ　ヨイ　デハ　行ケ』

（この野郎……）と思うが、口には出せない。『私ハ　野郎ニハ　ナイ　シイテ言ウナレバニライタメ……』などと、舌を嚙《か》みそうなことを言い出すに決っている。どのみち、理屈ではゼニガタにはかないっこないのである。

それにしても、なんて人使いの荒いヤツだ。コーヒー一杯を飲むぐらい、いいじゃないか――。

「そういうわけだから、比呂子《ひろこ》ちゃん、これ、帰ってから飲むよ」

「いいんですよ、所長。その時はその時で、また熱いのをおいれしますから」

「だけどさあ、折角、比呂子ちゃんがいれてくれたコーヒーなのに……」

「カタコトカタコト……」が始まった。

『早ク行クコト　ヨイ』

「うっせえっ！……」

言うが早いか、とびだした。ゼニガタが『聴取不能　標準語デ……』と打ち出した時には、鴨田は駅へ続く道をドタドタと走っていた。

指定された午後二時ぴたりに〝ルノアール〟の前に着いた。約束どおり、週刊誌を胸に抱えるようにしていると、後ろから肩を叩《たた》かれた。

「鴨田さんですね？」

振り向くと、サングラスの男の顔があった。三十五、六歳か。少しヤクザっぽい印象のがっちりした体軀《たいく》の持ち主だ。鴨田が「そうです」とうなずくと、黙ってルノアールの中へ入っていく。奥のテーブルの上に飲みさしのコーヒーと、煙草、伝票がのっているところをみると、早目にきてテーブルを確保しておいたのかもしれない。

向かい合いに座ると、男は「どうも、ご苦労さんです」と言った。

「すると、あなたがご依頼のお手紙をくださった方なのですね？」

「そうです、私です」

そのとたん、鴨田は吹き出しそうになるのを、あやうく堪《こら》えて、肩で「くっくっ」と笑った。

「何がおかしいのですか？」

「依頼人」は心外そうに、鋭い目――と言っても濃いサングラスをかけていたから本当のところは分からなかったが――で鴨田をにらんだ。

「いや、あなたのことを笑ったのではありませんよ。じつは、ウチの助手の馬鹿が……」

鴨田は「助手の馬鹿」という言葉を、なんとも小気味よく使った。いつもゼニガタのやつにこき使われているような状態に対する、それはせめてものうっぷん晴らし、というものだ。

「ウチの助手の馬鹿が、あなたのこと――つまりその、人物像と言いますか――を予測しましてね、生意気な野郎で、そういうおこがましいことをするイヤな野郎なんです。ところが、それがまるっきり外《はず》れてるもんで、それでついおかしくって……、いや、とんだご無礼をばいたしました」

「ふーん……」

依頼人は興味ありげな顔をした。

「予測したというと、どうやって？……」

「手紙ですよ。あなたからの手紙の筆跡鑑定をした、というわけです」

「それで、どういう人物像を想定したのですか」

「くだらないことです。お話しするまでもありません」

「まあいいじゃないですか、ぜひお聞きしたいもんですな」

「そんなにおっしゃるなら、お話ししますが。しかし、お怒りになっちゃいけませんよ。じつはこんなようなことを言ったのです。『この手紙の主は、年齢は五十代なかば、定年間近の公務員で、痩《や》せ型、強度の近視に老眼が混じっている。依頼の趣旨は、おそらく身の危険を予期するほど重大な内容である』と、まあ大体こんなところです。まったく愚《ぐ》にもつかないことでありまして……」

「なるほど、ほとんど外れですな。で、予測というのは、それだけでしたか？」

「いやあ、それがですねえ、まだ何かあるらしいんですがね、聞こうとしたら、あまり先入観を持たないでお会いしたほうがいいだろうなどと、もったいぶったことを言いまして。しかし、実際のところは何も分かっちゃいないんですよ」

「確かにそのようですな……」

依頼人の笑った顔が、しだいにかげりを帯びてきた。話がなにやらよくない方向に向かっているような気配だ。そのくらいのことは鴨田にもわかる。

思ったとおり、依頼人は残念そうに、ひとつ首を振ってから、内ポケットに手をつっこみ、白い封筒を取り出した。

「折角お会いしたのだが、今回の件はなかったことにしていただきましょう」

鴨田は驚いた。

「えっ、それはまた、どういうことですか?」

「理由は言わぬが花でしょう。とにかくそうしていただきます。もちろん料金はお支払いしますよ。ここに十万円あります。これですべて白紙にしていただきます」

テーブルの上で、ぐいと封筒を押し出すと、依頼人はスックと立ち上がった。

2

「十万円もくれたのなら、いいじゃありませんか」

生井《なまい》比呂子は慰め顔で言ってくれた。若い割には人情の機微《きび》に通じたところのある、優しい娘だ。鴨田探偵事務所の殺風景が、比呂子のおかげでどれほど潤《うるお》いのあるものになっているか、計りしれない。

「しかしねえ、比呂子ちゃんよ、たかがキャンセル料にさえ、ポンと十万円も払うお客だぜ、それくらいだもの、もし仕事をやってたらさ、報酬は相当な金額だったかもしれないじゃない」

「でも、仕事の内容も聞いてないんでしょう？　案外、難しい仕事で、手に負えないってこともありますよ」

「それそれ、それなんだよ。どうやらテキはその点を心配して、当事務所への依頼に二の足を踏んだらしい。それというのも、ゼニガタのやつがいい加減な筆跡鑑定なんかやらかすからだ」

鴨田が言ったとたん、それまでじっと耳（？）をすませていたゼニガタが、俄然《がぜん》「カタコトカタコト……」とつぶやきはじめた。気がつきながら、知らんぷりをきめ込んでいると、「ブーブー」言いだした。

「所長、お呼びですよ」

「比呂子ちゃん、そこに『お』をつけることないでしょう。所長はぼくなんだからさ」

「すみません」

比呂子は一応あやまったけれど、本当はゼニガタのほうが鴨田より一枚も二枚も上手《うわて》だと思っている。なに、鴨田だって強がって見せているだけで、当事務所でリーダーシップをとっているのはゼニガタだということは、口惜《くや》しいけれど百も承知なのだ。

ゼニガタは言ってみれば「パソコン」である。しかしパソコンとかんたんに言うが、ゼニガタはただのパソコンとは、わけが違う。東大ロボット工学研究所のホープ・糸川《いとかわ》、シャープの若き頭脳と言われる安田《やすだ》、ソニーの音声力学の天才・江崎《えざき》、警視庁科学捜査研究所の本多《ほんだ》、等々が寄ってたかって、面白半分、ヒマにあかせて造り上げたオバケなのだ。

彼等と鴨田英作との関係は、中学、高校を通じて、かの一流進学校『現代学園』の同級生であったことによる。

鴨田がなぜ現代学園のような名門に入ることができたかは、永遠の謎とされている。受験番号の誤記かなにかがあったことは確かだ。とにかく、鴨田英作の名は学園創設以来の劣等生として、歴史に刻まれている。

しかし、それにも勝る奇蹟《きせき》は、鴨田が前述の天才連中と在学中はもちろん、卒業後も変わらず親友でいることだ。この奇蹟をもたらしたのは、鴨田のケタ外れの腕力のお蔭《かげ》ということになる。

鴨田は中学の時、すでに百八十センチを越え、高校に進んでからは上背《うわぜい》に加えて、分厚い筋肉が全身をたくましく覆《おお》った。柔道、空手、ボクシング、といろいろやってみたけれど、どれも長続きしない。挫折——ではなくて、正真正銘、骨折してしまうのである。もちろん、対戦相手が、だ。膂力《りょりょく》も度を越すと凶器になるという証拠のようなものだ。結局、鴨田はすべてのクラブから敬遠された。陸上競技部の投擲《とうてき》に誘われて、ちょっとやってみたが、運動神経がまるでだめなことが分かった。とにかく、槍《やり》投げをやれば、放すタイミングを失って、目の前のグラウンドに一メートルも突き刺してしまうのだ。かといって、文芸部だの美術部だのは、最初から、才能のないことが分かりきっている。

ところが、こんな鴨田でも、なんとか無事に務まる部活がひとつだけ、あった。『ハテナクラブ』がそれである。

「ハテナ」とは、つまり「？」のことだ。どういうことをやるのかというと、ちょっと見には何もしやしない。部室に入ると、思い思いの椅子に腰をかけ、ただひたすら、沈思黙考に耽《ふけ》る――それだけだ。定められた時間いっぱい、ひと言も口をきかず、座っている。禅とちがうところは、自由に姿勢を変えても文句が出ないことぐらいなものだろう。これなら俺にもできる――と鴨田は思った。たしかに、外見上はその連中とそれほど変わった様子には見えなかった。ただ異なる点は、ほかの連中が全智全能を傾けて、思索に没頭しているのに対して、鴨田ひとりが、全神経を安らかに休息させていることだけである。

鴨田はハテナクラブがおおいに気に入った。身も心も休まる「活動」の内容が申し分ないし、かりにも全校中のエリート集団と肩を並べて歩けるのはこのうえなく愉快だ。しかも、彼等の中には鴨田が人知れず憧《あこが》れているところのマドンナ——藤岡由美《ふじおかゆみ》がいるのだからこたえられない。もっとも、鴨田の至福に反比例して、部員たちの迷惑は多大なものがあったことはたしかなのだが、しかし、それをも一変させ、彼等をして鴨田を英雄視させるような出来事が起こったのである。

ある日、クラブ活動が終わり、わが天才グループはうち揃《そろ》って下校の途についた。校門のところまできて、鴨田は命から二番目に大切な弁当箱を教室に置き忘れてきたことを思い出し、取りに引き返したから、およそ二百メートルばかり連中より遅れることになった。

校門を出て少し行ったタバコ屋の角を曲がったところで、「事件」は起こった。暴走族グループ『目黒《めぐろ》エンペラー』の集団が天才グループの五人にいちゃもんをつけたのだ。この悪《ワル》どもは、かねてから藤岡由美に目をつけていたフシがある。あわや、という時になって鴨田が駆けつけた。天才連中は頭脳ばかり異常発育して、体格のほうは虚弱児童がそのまま日陰で育ったようなものだから、『エンペラー』にいたぶられれば、とてものこと無事には済まなかっただろう。

かくて鴨田は後世にのこる大武勇伝の主となる。エンペラーは二十余名の集団だったが、パトカーが駆けつけた時、四人の負傷者を残したまま逃走した。警察は当初、鴨田を加害者と誤認したほどの惨状《さんじょう》だった。

以後、鴨田は天才グループ全員から「命の恩人」と崇《あが》められ、親しまれることになった。鴨田もまた、自ら用心棒を決め込んだというわけだ。

高校を卒業し、天才グループがすべて国立一期校へ進んだのに対して、鴨田は三流マンモス大学に堂々、補欠で入った。

大学を出てから、鴨田はなんと三十二回の転職を経験した。ドロボー以外ならなんでもやった、といっていい。その中で、いくぶん興味をひかれ、自分に合っていそうだなと思ったのは、警備会社と探偵社だった。ただ、両方とも上司と喧嘩《けんか》して辞《や》めてしまった。どこへ行っても、サラリーマンでいるかぎり、長続きしそうにない。いっそのこと、自分ひとりでフリーの用心棒か探偵社を始めようかと考えていた時、ハテナクラブのOB会が開かれるという通知があった。

ひさびさに再会した天才グループのメンバーは、それぞれに適所を選び、前述のようなエリートとして活躍していた。鴨田はそれが自分のことのように嬉《うれ》しかった。啄《たく》木《ぼく》みたいに「友が皆われより偉《えら》く……」などと愚痴《ぐち》らないところが鴨田の美点だ。

かつての仲間たちは鴨田の窮状を知り、探偵社を希望していることを聞くやいなや、全員が協力を申し出た。

「何か出来ることがあれば言ってくれ」

「ありがとう。だけど、そう言われても、俺自身どうすりゃいいのか、見当もつかないんだ」

「探偵社というのは、要するに依頼人の話を聴き、事件を解決してやればいいんだろ？　鴨田の腕力をもってすれば、怖いものなしじゃないか」

「あっさり言ってくれるなあ……。そりゃ、浮気な奥さんを尾行したりするような仕事なら、俺の貧しい頭でもできるけどさ、そういう仕事はたいてい名の通った興信所に持ち込まれるだろうし、一匹狼で売出すとなると、何かひとつオリジナリチーがないとねえ……」

（おっ……）と鴨田は自分で驚いた。「オリジナリチー」などという言葉がすんなり喋れたことに、である。それに感心している内に、仲間たちのあいだでは、話がどんどん進んでいった。

「コンピュータを使った探偵社、なんていうのはどうだろう。ほらコンピュータ占いなんていうのが流行《はや》っているそうじゃないか」

「あ、それはいい。名称は『パソコン探偵事務所』――イマいって感じだ」

「データは本多が科捜研から仕入れてくればいい」

「それはヤバいよ。誰か他の人間に利用されたり、システムごとそっくり盗まれでもしたら、えらいことになる」

「また堅いことを言う。だから役人は嫌いだよ。それじゃ、こうしたらどうだ、鴨田の声にだけ反応するようにボイスセンサーをつける。ウチの音声入力システムはかなりのところまでいっているんだ」

「ああ、それならいい。じゃあ、ついでにアイセンサーも付けて指紋や顔写真の分析もできるようにしてみるよ」

「オーケー、要するに、移動能力がない以外は、オールマイティであるようにしようや」

――こうして、その一年後、お化けパソコン『ゼニガタI号』が誕生し、『鴨田探偵事務所』はめでたくオープンの運びとなったのである。

3

「比呂子ちゃんは帰っていいよ」

鴨田は言った。もう六時に近い。残業手当や夕食代が惜しくて言うのではなく、日が暮れた事務所に二人きりでいる「危険」を鴨田は恐れるのだ。比呂子は充分すぎるほど魅力的だし、ネコに鰹節《かつおぶし》どころか、オオカミに変身しかねない自分を抑《おさ》える自信が鴨田にはなかった。

「では、お先に」と帰る比呂子を見送ってから、鴨田はおもむろにゼニガタと向かいあった。ゼニガタは文字をディスプレイに映し出したまま、ブザーを鳴らし続けている。

『私ノ　筆跡鑑定ニ　対シテ　疑問ノアルカ』

「ああ、あるともよ。大蟻《あり》食いのアルマジロだ」

『聴取不能　標準語デ　話セ』

「分かったよ。つまり、おまえの言った筆跡鑑定はまちがいだったということだ」

『ソレ　オカシナコト　私ノ分析ハ　マチガイナイネ』

「しかし、依頼人はどう見ても三十代だったし、痩せてもいなかったぜ。眼鏡はかけていたが、残念ながらサングラスでね。それとなんだっけ、あ、そうそう公務員だぁ？　とんでもない、あれはどっちかと言や、ザーヤクのたぐいだな」

『ソレハ　ナニカ　痔《じ》ノクスリ　カ』

「痔の薬？　ああ、そうじゃないよ、ヤクザ——広域暴力団の組員てことだ」

ゼニガタは鴨田の自信ありげな口調に、珍しくハッタリがないと分析して、「ハテハテハテハテ……」と、弱々しい音を立てて考え込んでしまった。コンピュータ用語で言えば演算中というわけだ。鴨田はゼニガタに気づかれないようにニヤリと笑った。わけ知り顔のゼニガタでも悩むことがあることが分かって、愉快でならない。

「カタコトカタコトカタコトカタコト……」とつぜん、ゼニガタはおそろしいスピードで喋りはじめた。

『緊急事態ノ　発生スルカモネ　私ノ生命ノ心配スル　ヨロシ　敵ノ襲撃ハ　今夜ノ可能性アル　私ハコワイ　ビクビクニ　ナル』

鴨田はあっけにとられた。なんと、あのゼニガタが脅《おび》えきっているのだ。赤色の非常ランプを点滅させている様子はただごとではない。

「何をそんなに怖がっているんだ？」

『敵ノ襲撃　コワイ　死ヌコト　コワイ』

「どうしておまえが死ぬことになるんだい？」

『鴨田　会ッタ男　依頼人ナイ　ニセモノネ　依頼人ハ　タブン　死ヌコトサレタ』

「死ぬことされた？……殺されたという意味か？」

『ソノ単語　正シイ　私モ　殺サレタニナル　可能性ノアル』

「まさか!……」

『マサカ　ナイ　敵ノ襲撃　カナラズ　アル』

「かりにあいつがニセモノだったとしても、おまえさんが殺されることにはならないだろう?」

『ソノ考エ　正シクナイ　私ガ　秘密　知ルコト　敵ハ心配　ユエニ　殺ス』

「わかった。それで、どうすればいいんだ?」

『警視庁ノ　本多ニ　頼ム　ヨイ』

退庁時間は過ぎていたけれど、鴨田は科捜研に電話した。本多はまだそこにいた。鴨田から事情を聴くと、よく分からないが、ゼニガタがそう言うのなら、と言って、腕ききの刑事を二人、送りこんでくれることになった。

ゼニガタはその刑事が到着するまで、ランプを点滅させて震えていた。

刑事は綿貫《わたぬき》と芳賀《はが》といった。綿貫は鴨田をしのぐ大男で見るからに腕っぷしは強そうだが、その分、動作は鈍い。芳賀はごく並の体格だが、いかにも俊敏そうな感じだ。

「われわれはただ、鴨田さんの事務所に張り込むように命令されて来たのですが、一体、どういう事情なのでしょう?」

芳賀刑事が訊《き》いた。どうやら本多はゼニガタの件はまだ伏せているらしい。知られては、本多の立場上具合が悪いということなのだろう。もっとも、「コンピュータがそういうので」などと言ったら、どう考えても厄介《やっかい》なことになりそうだ。

「じつは、当事務所を襲撃するという脅迫電話がかかりまして、念のため、来ていただいたようなわけで……」

鴨田のあいまいな説明に刑事は不満そうな顔をした。その程度のことなら所轄署に頼めばいいと思っている。しかし文句は言わなかった。本多警視どのはいずれ警視総監にでもなろうかという人物だ、逆《さか》らってトクすることは何もない。

刑事が来てから三時間経過したが何事も起こらない。（ゼニガタの野郎、ホラを吹きやがって）と、鴨田はジリジリしてきた。

午後十時、青少年の帰宅を促《うなが》す音が聞こえてきた。

その瞬間――鴨田は重大な失策に気付いた。

「しまった！……」

慌《あわ》てて電話にとびつき、ダイアルを回す。

――もしもし、生井です。

比呂子の明るい声がとびだした。

「ああ、無事だったか……」

――あら、所長ですか。どうなさったんですか?

「これからそっちへ向かう。詳《くわ》しいことはあとで説明するから、とにかくきみはそこでじっとしていてくれ。ドアも窓も厳重にロックして、俺以外の人間が来ても絶対に開けるんじゃない。電報だとか警察だとか言っても信用しちゃいけないよ。俺の声を確かめてから開けるように、いいね」

――分かりました。そのとおりにします。

生井比呂子のアパートはモルタル二階建だ。一度だけ車で送って行ったことがあるが、そう頑丈そうなつくりではなかった。ドアを叩き壊して入るつもりならかんたんだろう。しかしテキがそこまで強引《ごういん》にやるとは思えなかった。――いや、思いたくなかった。

「カタコトカタコト……」

ゼニガタがまた、つぶやきだした。鴨田の狼狽《ろうばい》ぶりから、情勢の変化を察知したにちがいない。

『何事ガ　アルカ　ドコノ　行クカ』

「生井比呂子のところへ行く。危険なのは彼女の方なんだ」

『ソレハ　正シクナイ　危険ナノハ　私　ナノダ』

「そうじゃないんだ、おれは依頼人に、筆跡鑑定は助手がやったって言っちまったんだ」

『ソレハ　ウソノ　コトネ　筆跡鑑定ハ　私ノ　シタ　私ハ　助手　ナイネ』

「鈍いやつだなあ、だから彼女が危険だって言ってるんじゃないか」

まだカタコト言っているゼニガタには綿貫刑事を残して、鴨田は何がなんだか分からないでいる芳賀刑事の腕を引っ張るようにして、事務所をとびだした。

比呂子のアパートまでは車で二十分ばかり。鴨田と芳賀が階段を上った時、比呂子の部屋の前に人影が見えた。

「危ない！」

いきなり、芳賀が鴨田を突き飛ばし、自分も廊下に身を伏せた。

消音器つきピストルの発射音と、耳元を掠《かす》める弾丸の音、屋根瓦《がわら》のはじける音がほとんど同時に聞こえた。

敵は一発を射《う》っただけで反対側へ走り、廊下の手摺《てす》りを乗り越えて地上に飛び下りた。追いかけようとする鴨田を芳賀が制した。

「やめなさい、危険です」

芳賀の手には、いつのまに抜いたのか、拳銃が握られていた。しかし、射つ体勢を整える前に、敵は逃げた。忍者のように素早いやつであった。

鴨田は比呂子の部屋のドアを叩き、大声で叫んだ。

「比呂子ちゃん、無事か！」

ロックの外れる音がして、ドアが開いた。

「所長、大丈夫ですか？」

脅えながらも、こっちの身を案じてくれる優しさに、鴨田は感激した。

「所長がおっしゃったように、『電報です』っていう声が聞こえたんです。それで、どうしようかと思っていたら……」

急に恐ろしさがこみ上げてきたのか、比呂子は絶句して、鴨田の胸にしがみついてきた。鴨田も思わず比呂子の肩に腕を回した。風呂上がりだったとみえ、パジャマの襟元から石鹼《せっけん》の香りが立ちのぼって、心地よく鼻孔《びこう》をくすぐった。瞬間、鴨田は川崎《かわさき》のお風呂屋さんでアワ踊りをしているような錯覚におちいった。

「もしもし、お取込み中ですが、ちょっと通してください。本庁に連絡します」

芳賀が無粋な声を発して、折角いい感じでいる二人のあいだに割り込むようにして、部屋に入った。

4

襲撃犯人の心当たりといえば、例の『ルノアールの男』しかない。警察の事情聴取には、もちろんそう答えたのだけれど、その謂《いわ》れ因縁《いんねん》を説明するのに、鴨田は冷汗をかいた。ゼニガタのせいだ、なんてことは、おくびにも出せない。

「当事務所のですね、助手がですね、筆跡鑑定の真似ごとをやりまして、それがたまたま図星《ずぼし》だったということでしょうねえ」

「そうなんです、あたしって、本当にときどき当たっちゃうんですよねえ」

比呂子は打ち合わせどおり、調子を合わせてくれているが、気掛りなのはゼニガタだ。横で聞いていて、『真似ゴト　ナイ　ホンモノネ　黙ル　座ル　ピタリ　当タル』なんてことを言いださないかどうか、気が気ではなかった。

しかし、どういうわけか、ゼニガタは刑事が入り込んでいる間は「いい子」でいてくれた。いや、本当に「いい子」だったのかどうかははっきりしない。鴨田に助手扱いされてからというもの、どうもゼニガタの様子がおかしいのだ。パソコンに感情があるとは思えないが、ツムジを曲げてでもいるかのように、妙に黙りこくって、鴨田がお愛想にどうでもいいような質問をしても、色よい返事をしてくれない。あまり下らない質問が続くと、最後に『プイ』と答えた。「プイッ」と横を向く、という、それのつもりなのだろう。

収穫のない事情聴取に呆《あき》れ果てて、刑事が引き揚げたあと、本多警視どのから電話があった。鴨田にその後の様子を訊いてから、「じつは、由美のおやじさんが亡くなったそうだ」と言った。

「えっ？　藤岡由美さんの、か？」

「ああ、事故死だそうだ。昨夜、ホームから転落して、電車にはねられた。今夜が通夜ということだが、鴨田はどうする、行くか？」

「もちろん行くとも、みんなで行って慰めてあげようよ」

鴨田は暗然とした。由美は幸薄いマドンナなのだ。建設省のエリート官僚との結婚もうまくいってないらしい。下級官吏《かんり》である父親は、由美の夫の非道を見て見ぬふりをしているし、由美は由美で、父親の立場を考えると、やはり亭主が浮気しようと何しようと、じっと耐えているしかないということなのだろう。そしてその父親が死んだ……。

「ああ、俺が結婚してればなあ……」

電話を切ってから、鴨田は思わず長嘆息をもらした。

「あら、所長、どなたと、ですか？」

比呂子が心配そうな目を、こっちに向けている。

「えっ？　あ、その、いや、きみとね、結婚していれば、昨夜みたいな危ないこともなかっただろうと思ってさ……」

「まあっ、私とだなんて、そんな、いやだわ、いきなりそんな、でも私だって、あら、困るわ、なんてこと言うの、いやあねえ……」

比呂子は真赤になって、身もだえを始めた。可愛いような、怖いような――。オオカミの血が騒ぎだす。鴨田は慌てふためいて、事務所をとびだした。


藤岡由美の家の近くで落ち合って、晩飯をしたためてから、全員うち揃って訪問した。鴨田ははじめて訪れたのだけれど、藤岡家は見るからにぱっとしない小さな家で、勤め先と町内会と親族一同の花輪が三つ、わびしげに立っていた。公務員が清貧を貫《つらぬ》くとこうなるという、サンプルのようなたたずまいだった。

しかし、由美の美しさは変わっていない。青白い顔が喪服に映えて、むしろ凄惨《せいさん》と言えるほどの美しさを湛《たた》えていた。ハテナクラブの仲間たちを迎えて、さまざまな想いが一度にこみあげてきたのだろう、由美のつぶらな瞳から大粒の涙がこぼれ落ちた。鴨田ももちろん、もらい泣きをした。オイオイ声を出して泣くものだから、さすがの仲間たちも敬遠して、他人のような顔で離れていった。

奥の部屋に仮の祭壇がしつらえてある。鴨田はみんなより遅れて祭壇の前に額《ぬか》ずいた。ハンカチで涙を拭《ふ》き、抹香《まっこう》をつまむ。掌《てのひら》を合わせ、飾られた遺影を仰《あお》ぐ。

（あれ！――）と、鴨田は首を傾《かし》げた。

（どこかで見たような顔だな――）

しかし、由美の父親に会ったことはないはずだ。仕事の関係で接触するようなチャンスがあったとも考えられない。鴨田の職業経歴の中に、建設省に出入りするようなマトモな仕事なんてまるっきりなかったし、住んでいる場所も、通勤ルートもまったく重ならないのだ。

「あの、お父さん、現代学園の授業参観にお見えになったこと、ある？」

鴨田は、傍《かたわ》らに控えている由美に、そっと訊いてみた。

「いいえ。父は仕事一途《いちず》の人でしたから、娘の学校のことなんて、構ってくれたこと、ないんです」

「やっぱりねえ……」と、鴨田はいよいよ分からなくなった。もう一度写真を見て考